JN067632

マドンナメイト文庫

名門乙女学園 秘蜜の百合ハーレム

高畑こより

目次

contents

名門乙女学園　秘蜜の百合ハーレム

プロローグ

煉瓦造りの高い壁に覆われた秘密の女子校。

マリア様が微笑む校庭に行くには坂道を登らなくてならない。

桜の花びらが柔らかい風に乗り、ひらひらと舞う。

無垢な乙女たちが、天使のような軽やかな足取りで歩くたびに、桃色の坂道が波打っている。


汚れを知らない身体を包むのは濃紺のセーラー服。スカーフは白色。

大股で歩いてスカートを翻《ひるがえ》すなかれ。

学生カバンは両手で持つべし。

いつ、いかなるときも、淑女の気品を忘れぬよう……。
背筋を伸ばして、優雅に歩くのが、ここでのたしなみ。
私立クラリス女子学院――ここは乙女の園。

第一章　花咲く乙女、あれが生える

1

十四年も生きていると、世の中の自分の立ち位置というものがある程度わかるようになってくる。

小森充希《こもりみつき》は、自分のことを〝平凡〟の代名詞だと自覚していた。

地方育ちで公立小学校出身なのもその一つだ。家も典型的なサラリーマン家庭で絵に書いたような中流だ。両親も善人だが、平凡そのものだった。

だが、田んぼにいるカエルを手づかみできるのはこの学園では充希くらいだろう。自慢できることでもないが。

「充希、手伝わせてごめんね」

そう言ってきたのは、白石凜々花《しらいしりりか》である。

太陽の光を浴びると長くウェーブした髪が、よりいっそう黄金色に輝く。風にたなびく髪の毛がまるで映画のワンシーンのように優雅で、誰しもすぐに見惚れるにちがいない。

収穫前の稲穂のような美しさがあるが、凜々花にはそんな田舎臭い表現は似合わないので口にしたことはない。

抜けるように白い肌は陶器のように艶やかで、目は大きく、鼻や唇も小ぶりで繊細な造りをしている。小さい顔の中に顔のパーツが絶妙に配置されている。田舎にはないタイプの人間だった。こんな洗練された美少女は見たことがない。

ただ、本人は悩みがあるようで、この前の身体測定で判明したが、一五〇センチから背が伸びなくなったそうだ。

とはいえ、小柄で華奢な感じが儚《はかな》げで凜々花にはよく似合っていた。

凜々花と寮で同室になったとき、なぜか妙に気になって仕方がなかった。

零れ落ちそうなその瞳で覗き込まれると、充希は思わず視線をそらしてしまった。

前髪を伸ばして顔をできる限り隠そうとする。

「なんで、こんな隅のほうでやっているの？」

凜々花がすぐそばで耳打ちしてくる。

今日は、生徒会主催の校舎の裏庭清掃を手伝っていた。総勢三十名近くはいるだろうか。

みんなのお目当ては、生徒会長の藤宮悠《ふじみやゆう》だ。

高等部二年の悠は一七〇センチ近い高身長に、目鼻立ちがしっかりした美貌の持ち主だ。黒髪はショートボブくらいだが、利発的な広いおでこを惜しげもなく晒していた。

悠の周りにはいつも中等部の生徒たちがいた。どの娘《こ》も天使のように可愛いらしい。

「……ここは平凡な私がいるような場所じゃないよ」

充希は草刈りに没頭することにした。

「また出た！　その平凡アピールって必要なの？　どんだけ自分を卑下してるんだよ」

凜々花が腰に手を当てて強い口調で訴えた。

「だって……あんなにきらびやかな人たちに比べたら、私は……」

「はぁ……どんだけ自己評価が低いの!?　成績はいつも十位以内なのが平凡なわけないでしょ」

「でも、凜々花は三位じゃない」

「私は特別なだけよ」

「ほらやっぱり……」

大きなため息をついて、凜々花が顔を左右に振った。

また呆れさせてしまったかもしれない。でも、どう答えたらいいのかわからない。

「もういいわ。今日はなんのためにここに来たの？」

「裏庭の掃除」

「それは建前でしょ？」

「……」

本当の目的は充希にもわかっていた。恐れ多くて口にできないことを、凜々花が平然と言ってのけた。

「生徒会長の〝妹〟になることでしょ？」

「無理無理無理。私なんて絶対に無理ぃ！」

充希は自分の頬が赤くなるのがわかった。

2

クラリス女子学院には独自のシステムがある。

それは高等部の生徒が中等部の生徒の指導者になるというものだ。以前はプリセプターとも呼ばれていたようだが、看護用語として浸透したので、今では「姉妹」と呼ぶようになっていた。

たいがいは同じ部活の先輩と後輩で、姉妹の契《ちぎ》りが結ばれる。

だが、生徒全員が姉妹関係を結ぶわけではない。おそらく半数程度だろうか。そして、現在は生徒会長の妹の座が空席になっている。

その生徒会長というのが学園一の有名人で、人気者の悠というわけだ。

つまり、ここに集まった中等部の生徒たちは、みんなその妹の座を狙っていることになる。

充希はそんな戦場に飛び込んでいくほど厚顔無恥ではなかった。

「それより……」

そう言って充希はポケットの中に手を入れた。

昨日、料理部の友だちと作ったクッキーの包み紙がそこにあった。

凜々花と食べようと用意したものだ。

「一年いっしょにいるんだから、あんたのよさは私がいちばん知っているんだけどな」

凜々花はそう言ってくれる。

しかし、充希が生徒会に近づきたくない理由には、自分の自信のなさ以外にももう一つあった。

それは……。

「凜々花、そこに隠れていたのか」

中性的な声が背後から聞こえた。

振り返ると、もうひとり美少女がいた。

クラリス女子学院には珍しく浅黒い肌の持ち主で、神秘的な黒髪の前髪には少し金髪が紛れている。フランスの血が混じっているので地毛だそうだ。彫りの深い顔立ちとスラリとした長身が目立っていた。

成績優秀でスポーツも万能、多くのスポーツ部から助《すけ》っ人《と》を頼まれることもあるらしい。

彼女の名は澁谷星菜《しぶやせいな》。生徒会副会長だ。

そして、凜々花の……。

「お姉さま」

凜々花の声が一オクターブ高くなり、唇を尖らせた。子どもっぽい仕草だが、彼女にはとても似合っていた。

「私、隠れてなどいませんわ！」

「凜々花はどこにいても目立つからね」

「お姉さまこそ」

星菜が気安く凜々花の頭を撫でる。

一五〇センチの凜々花と星菜が並ぶと凸凹コンビに見える。

凜々花が苦労して整えている綿菓子のような髪が乱れた。頰を膨らませて、凜々花が星菜の胸を軽く叩いた。

「春の日差しだからといって甘く見ていると日焼けてしまうよ」

星菜はそう言うと凜々花に麦わら帽子をかぶせた。

「……お姉さまのほうこそ、日焼けには気をつけてくださいね」

「私は少しくらい日焼けしているほうが、似合っているんだ。凜々花は私の身体をよく知っているでしょ？」

いきなりドキッとすることを言っているので、充希はとっさに一歩あとずさった。

「冗談がすぎますわ！」

凜々花が星菜の身体を両手で押した。

「いいじゃないか。妹が可愛すぎるからいけないんだ」

「副会長が率先してサボっていてはいけませんよ。下級生に示しがつかないでしょ？」

「今日の主役は悠だよ。あの娘は本当に奥手だから、妹をさっさと決めるように、お姉さまに呼び出されていたくらいだ」

「元生徒会長にですか？」

「そうそう。大学生になったお姉さまを心配させるなんて、妹失格だよ」

クラリス女子学院の姉妹制度は、数珠《じゅず》つなぎになっている。

就職先の上司が実は何代も前の「姉」ということもあったそうだ。その絆《きずな》の強さは同窓会の比ではないという。

一般家庭からもクラリス女子学院を目指すこともあるらしいが、金銭感覚の違いから、関係が破綻《はたん》する姉妹も多いと聞く。

生徒会長の悠の妹の座を狙っているなどと思われたら、身のほど知らずと後ろ指をさされるに違いない。

一般家庭の充希は卒業まで姉妹関係を築くことはないだろうと心のどこかで思っていた。

だが、憧れがないと言えば嘘になる。

「わぁ！」

充希の顔の前で星菜が手を振っていた。

「ようやく気づいてくれた」

「す、すみません。ちょっと考えごとをしてました」

「いや、君、面白いね。悠に紹介しようか？」

「けっこうです！　し、失礼します」

充希は逃げるようにして、その場を立ち去った。

背後から二人の笑い声が聞こえた。

3

だが、充希は途中で振り返って凜々花たちを見た。二人はなにか話していたが、すぐに歩きだした。

その様子があまりに自然で、二人がいなくなったことに誰も気づいていないようだった。

充希は気になってあとをつけると、凜々花たちは校舎の離れにある別館に向かっていた。

紫陽花《あじさい》が植えられた長い石階段を登ると、裏山を背景に二階建ての質素な建物が見えてくる。周囲には銀杏《いちょう》の大木があり、そこだけ別世界のように見えた。

みんなは別館を「銀杏館」と呼んでいた。

以前、宣教師が住んでいたという歴史的な建造物で、何十年も前から生徒会の会議室兼資料置き場になっていた。

凜々花たちは躊躇《ちゅうちょ》することなくその建物に入っていった。

充希は後ろめたいことをしている背徳感から少し緊張した。

それでも、気になってやめることはできなかった。建物の裏手に回って窓から中をそっと覗いた。

すると、衝撃的な光景が目に飛び込んできた。

「!?」

充希は声を出しそうになり、慌てて口を塞いだ。

なんと、凜々花と星菜が抱き合っていたのだ。

身長差があるため、凜々花が机に座り星菜がそれに覆いかぶさるようにしてキスをしていた。

「……なに？」

「あぁ、お姉さま……たら、急に」

建物の構造上の問題なのか、やけに声が響いて聞こえる。凜々花は充希が聞いたことがないような甘い声をあげた。

「ずっと我慢してたんだよ」

星菜はそう言って凜々花の太腿を撫ではじめた。

スカートが次第に捲れ上がり、白い肌が露《あらわ》になった。そこを愛撫するように星菜の手が這っていく。凜々花はそれを受け入れるように片脚を机に上げた。

パンティが丸見えになっている。黒いビキニパンティだ。凜々花と同室の充希は、彼女がどんな下着を持っているかを知っている。外見は子どもっぽいが、下着は中等部に入学したときから大人びている。

「あぁん」

星菜がパンティ越しに股間を撫でると、凜々花は溺れるように喘いだ。

机に両手をついて、上半身を反らしている。

ワンピース型のセーラー服のフロントボタンが外され、パンティと同じデザインのブラジャーが現れた。

膨らみは控えめだ。星菜は手慣れた手つきで捲くり上げ、発展途上の乳房にキスをした。

「このオッパイを撫で回すと、なんだかとても悪いことをしている気になるよ」

「実際、悪いことをしてるじゃないですか。男の人ならとっくに捕まってる……」

「女に生まれてよかったよ」

「男だったら、どうしてました？　私を拉致《らち》した？」

「もちろんさ」

「嘘つき！　そんな意気地はないでしょ」

凜々花は媚びるような目つきで星菜を挑発した。

「本当だよ」

「そういうことにしておきましょう……それより、中学生にこんなことをするなんて、もっと反省してくださいね」

「凜々花が可愛すぎるからいけないんだよ」

星菜はこっちに聞こえるほど、激しく乳房に吸いついている。ときに大きく口を開けて、小さい乳房を呑み込むような仕草を見せた。そのせいで円錐状に乳房が引っ張られることになる。

痛そうに見えるが、凜々花は身を仰け反らせて喜んでいるようだった。

充希とは同い年なのに、すでに大人の仲間入りをしている。ルームメイトの早熟ぶりに驚くばかりだ。

充希はいつの間にか二人の情事を食い入るように見ていた。そのとき、自分の秘部に熱いものが溢れるのを感じた。

星菜の愛撫に敏感なのか、凜々花は喘ぎながら相手の頭を抱きしめ、髪の毛を掻きむしった。

他人の行為を覗いている禁忌感もあるのか、さらにパンティが湿るのがわかった。

4

「ダメ……」

充希は無意識にそうつぶやいて、あとずさった。そして、そのままそこから離れようとした。

「そこで何をしているの？」

突然、後ろから声をかけられて、心臓が口から飛び出るほど驚いた。

「い、いや、別に……」

「ははは、お化けでも見たような驚き方だね。大丈夫かい？」

ゆっくり振り返ると、生徒会長の藤宮悠がそこにいた。

星菜ほど長身ではないが、スラリと均整の取れたプロポーションの持ち主だった。

「せ、生徒会長!?」

「そんなに驚かなくていいだろう。ここは銀杏館だ。僕がいても、不思議はないだろう？」

「す、す、すいません」

充希は慌てて頭をさげた。

刺激的なシーンを目撃したこともあって動揺していた。そんな充希を見て悠は微笑んだ。

「問い詰めたわけじゃないんだ。自分にはどうも笑いのセンスがないんだよ。許してね？」

初対面の充希に対して、この気さくな態度である。女子がノックアウトされないわけがない。

まるで王子様のような佇《たたず》まいなのだから、人気なのは自然の摂理というものだ。

「……先輩は誰に対してもそんな感じなんですか？」

充希はとっさにそんな質問をしていた。

驚いたように悠は目を見開いた。充希はすぐに慌てて言い訳をする。

「いや、私なんかに対してとても気さくなもので……」

「ああ、そのことか。いつもこんな感じだよ。おかしいかな？」

この人は天性の人たらしなのだ。

「君は凜々花くんのルームメイトでしょ？　一度、ゆっくり話してみたかったんだ」

「……」

「まずは名前を教えてくれるかな？　僕は藤宮悠」

悠は充希にそっと片手を差し出してきた。

「知っています……私は小森充希です」

「君は下級生だから充希くんと呼ばせてもらうけど、それでいいかな？」

そして、充希の名前を小声で繰り返した。

しかし、充希が君付けで呼ばれることはその後、一度もなかった。

充希は恥ずかしくなって俯いてしまう。頭のあたりに何か気配を感じたかと思うと、悠の手がおでこに触れてきた。

「そんなに下を向いたら、前髪が可愛い顔を隠してしまうじゃないか」

悠は腰をかがめて、充希と視線を合わせているものだから、互いの顔の距離がやたらと近かった。

みんなが憧れる生徒会長の肌は透けるように白く、少しぽってりした桃色の唇はとても瑞々《みずみず》しかった。大きい澄んだ瞳には自分の顔が映っている。

「うん。やっぱり可愛い。隠すなんてもったいないよ」

「わぁ！」

充希は思わず飛び退《の》いた。悠とキスしたらどんな感じがするのかと卑猥な想像をしてしまったのだ。

動揺してますます訳がわからなくなる。

「し、失礼します」

「待ってくれ。まだ、話が！」

「私は掃除をしないとならないので！」

「裏山は危ないから、掃除しなくていいんだよ！」

悠の言葉も耳に入らない充希は逃げるようにしてなぜか裏山へと登っていった。

5

「はぁ……はぁ」

息が切れるまで走ってしまった。

校舎が小さく見えるくらい遠くまで来たようだ。

「やっぱりあれは冗談だよね。からかわれたんだわ」

みんなから愛される人が自分のことを可愛いなんて言うわけがない。社交辞令だったのだろう。

凜々花も可愛いと言ってくれるが、あれも同じことだ。

金持ちケンカせずで、裕福な家庭の子どもたちは相手を貶《おとし》める言葉を口にしたりしない。挨拶するのと同じように「今日も可愛いね」などと互いに言い合っているだけなのだ。

それを真《ま》に受けてはならない。

「もう馬鹿みたい」

そのとき、突風が吹いてきて、スカートが捲れ上がり、パンティが丸見えになった。股間がヒヤッとした。

「……」

充希はあたりをキョロキョロ見回した。

「誰かいますか？」

確認するように少し大きい声を出してみたが、返答はなかった。

「………」

充希は大木の陰に隠れてから、スカートをゆっくりと捲くり上げた。

そして恐るおそる自分のパンティを見下ろした。

白無地の何の変哲もないデザインだ。校則どおり白色でコットン製だ。もちろん、凜々花からは子どもっぽいと指摘されていた。

たしかに、充希のように校則を守っている生徒はほとんどいないのだろう。もともと下着検査などないのだし。

だから、好きなものを身に着けてもバレないのだが、ルールと言われると、どうしても破れない自分がいた。

ときどき、凜々花のようにいとも簡単に規則を破れる人が羨ましく思うこともある。

生徒会室での出来事が脳裏をかすめた。

また、あそこがジュンと疼いた。

ゆっくりとパンティをずらしていった。これまでにないほど濡れていて、太腿に絡まって脱ぎにくかった。あろうことか付け根まで濡れている。

「え？　お漏らし？」

慌ててスカートをお腹まで捲くり上げた。ふっくらとした恥丘には薄い陰毛が生えていた。それが湿って重なり合ってよじれ、地肌が透けて見えていた。

股間とパンティのあいだには粘着質な糸が引いていた。

恐るおそるパンティの船底に指を這わせた。クロッチ部分はレモン色に染みていたが、妖しい粘液がぬめついていた。

指で触れてすぐに手を引くと、それは糸を引いてみせた。

「何かの病気？」

充希は少し不安になった。

パンティを引っ張り上げると、股間に冷たい粘液が触れて不快だった。

ブラジャーにしこった乳首が擦れてシクシクと疼いた。股間もさらに熱くなってしまう。

「本当にどうしたんだろ」

これまで味わったことのない未知の感覚に不安を覚える。

ふと、見ると、大木に隠されたように古い祠《ほこら》があることに気づいた。

引き寄せられるように、そこに近づいていった。

田舎で暮らしているので、古い神社や寺、お地蔵さんには見慣れている。

充希は祠の屋根に積もった落ち葉を手で払った。

ポケットの中から手作りのクッキーを取り出して、祠の土台にそっと置いた。

キノコの形を象《かたど》ったクッキーだった。よく見ると祠の中にもキノコのようにも見える石が置かれていた。これが御神体なのだろうか。

「すごい偶然ね。同じ形をしている」

充希はちょっと背筋が寒くなった。

「私が作ったから味は保証できないけど、うまく焼けたと思う。食べてみてください」

凜々花に言うはずだったセリフを祠に向かってつぶやいた。

作法がわからないので、手を合わせたあと、深々とお辞儀をした。

「じゃ、これで帰りますね」

山から降りると同時に陽も落ちた。

学校に戻ると、ちらほら生徒の姿がいるだけで、掃除していたみんなはすでに帰ったようだ。

充希もすぐに支度をして帰途についた。

6

充希はその夜、奇妙な夢を見た。

褌《ふんどし》を穿いた男たちがこぞってペニスのような太い棒にしがみつき、勝者を決めるというものだった。

驚くことに、充希自身も当然のようにそれに参加していた。さらに自分も同じように褌を穿いていた。

それでいてどこか冷静な自分もいて、いよいよ頭がおかしくなったのかと思った。

目が覚めると、股間が異様なほど疼き、ジンジンと熱を持っているのがわかった。

パンティもきつくて苦しかった。

寮は二人部屋で二段ベッドの上では、凜々花がいつものように静かな寝息を立てている。

またも股間がズキンと疼いた。

充希はパジャマのズボンに手を入れて、パンティに触れてみた。

すると、いつもと異なる感触があった。

「ひゃぁ！」

布団を跳ね除けて、飛び起きた。

カーテンの隙間から朝日が差し込んでいるが、まだ薄暗くてよく見えない。

今度はズボン越しに触れてみた。何かが股間に潜んでいる。

「え？　なにこれ!?」

巨大な芋虫みたいなものがある。

それがパンティの中で蠢《うごめ》き、ゆっくりと臍のほうに向かって伸びている。

充希はまだ夢を見ているのではないかと思い、ありきたりだが自分の頬をつねった。

「いたた！」

どうやら夢ではないようだ。

昔見たホラー映画を思い出した。あれは化け物が腹を食い破って外に飛び出してくるというものだった。

その瞬間、鋭い痛みが走った。

パンティの中でそれが生地に擦られているのだ。その感覚があるということは自分の身体の一部なのだろうか。

膣内には熱いものが溢れ出てくる。これまでにないほど大量だった。

すぐにパンティが湿りだした。パンティとの摩擦で刺激がさらに強くなった。

充希はそれが快感だと本能でわかっていた。

思いきって再びズボンの中に手を入れて確かめた。

プニプニとしていて表面は柔らかいが、その下には鉄の棒が入っているのかと思うほど、硬く熱くなっていた。

しかも、ヒクヒクと痙攣している。

「……ひぅ」

慌てて手を引っ込めた。

指で触れただけで背筋が反るほどの快楽が全身を駆け抜けた。頭の中が真っ白になって何も考えられなくなる。これはなにかマズいことになったのではないかと戦慄した。

「何してるの？」

そのとき、ベッドの上から気怠《けだる》そうな声がした。

目を擦りながら凜々花が下を覗き込んできた。

充希は慌てて股間を布団で隠した。

「な、何でもないよ！」

「もしかして一人遊びの最中だったかしら？」

さっきは眠そうな目だったのに、いつの間にか目が爛々と輝いていた。

「一人遊び？」

7

充希は自分が奥手であることを自覚していた。

クラスで猥談が始まると、その場からそっと離れるようにしていた。凜々花はその逆で天使のような容姿をしているくせに、率先してそういった話に加わった。ただ、充希が嫌っていることを知っているので、二人きりのときには話題にしなかった。

「あ、忘れて。ちょっと寝ぼけてたんだ」

「ねえ、そのことを……教えてほしい」

「え？」

いつもと違う充希の雰囲気に凜々花は少し驚いたようだ。

充希にしてみれば股間の存在がなんであるのか正体を知りたくて必死だ。

「そのことって、あれのこと？」

「……うん」

充希はじっと凜々花を見つめた。

いつもなら、充希のほうが目をそらすが、今朝は凜々花が頬を赤めて顔を引っ込めた。

「……」

時計の秒針がやけに大きく聞こえた。

まだ、点呼の起床時間よりも二時間近く早い。

凜々花が何やらかさこそ音を立てた。布団をかぶって寝るのだろうか。

「……変なこと言ってごめんね」

充希が早くも後悔して謝罪すると、上から声が聞こえた。

「これからすることを真似してみて」

「真似……するの？」

「そう、まずはオッパイに触れてみて……麓《ふもと》から頂上を目指すように優しく揉んでいくの」

「うん」

充希は言われたとおり上着の中に手を忍ばせて、乳房に手をやった。

凜々花の慎ましい乳房と違い、充希のはそれなりに成長していた。まだ片手ですっぽり収まるくらいのサイズだが。夏休みが終わる頃、Cカップのブラジャーに変えたばかりだ。

言われたとおり膨らみの外側から、ゆっくりと中心に向かって揉んでいく。

「ん……」

思わず甘い吐息が鼻から漏れた。

恥ずかしくて手を止めた。凜々花にしっかり聞こえてしまったにちがいない。

「んぁ、あうぅ……」

充希に呼応するように、凜々花も喘いでいる。

ベッドの上では、凜々花が自分の乳房を揉んでいることを想像すると、不思議な気持ちになり、再び動きだした手に力がこもった。

パジャマの下で両手を蠢かすと、生地が乳首の先端に擦れて、全身に快感電流が広がっていった。

「乳首が立ってきてたら、今度は乳首を摘んで転がすの」

「うん、わかった」

自分の乳首を甘く摘んで摩擦していた。

刺激は乳房の比較にならないほど強く、身体の奥が疼くのがわかった。さらに身体が火照ってきた。

膝を立てた脚が、自然と左右に開いていく。

いま自分がどんな顔をしているか考えると、少しげんなりする。

凛々花は充希の長い前髪を切るか、ヘアピンでとめるようによく助言してくる。せっかく可愛い顔をしているにもったいないと言うが、充希は自分のアーモンド形の目に自信がなかった。それに眉の形も常に困っているように垂れているのが気に入らない。

きっと他人を不快な気持ちにさせているはずだ。

「乳首をちょっと強くひねってみたりして」

「くひぃ、あ、痛い……」

「痛いけど、どう？」

乳首をこねると痛みを感じたが、それと同時に得も言われぬ快楽が乳房の中で渦巻いた。

少し痛いがやめられないものがあった。

「あんん……痛いけど……いい……かも」

「次は手を股間に這わせてみて」

「……うん」

充希はドキドキした。

さっきから身体の中心が熱く燃え上がり、ヒクヒク疼いているのがわかった。

凜々花も興奮してきたのか、忙《せわ》しなく音を立てている。

天使のように可愛いルームメイトが股間に手を這わせている状況が自分の興奮を煽った。充希も恐るおそるズボンの中に手を差し込んだ。

パンティの縁ゴムから顔を出したものに指先で触れた。

「……エッチなことすると大きくなる？」

「クリトリスのこと？」

そんなカタカナをどこかで聞いたような気がする。

「……そう、なのかな？　それがヒクヒク動いている」

「充希って意外とエッチなのね」

凛々花はそう笑いながら、衣擦《きぬず》れの音を響かせた。どうやら、股間に触れているようだ。最初こそ静かだったが、次第に動きが激しくなっているのか、ベッドが軋《きし》みだした。

「き、気持ちいい……」

凛々花がエッチな声を漏らした。

「……どうやっているの？」

「私は……クリトリスを指で前後に……んあぁ、前後に動かして……あうぅ」

充希は言われるままにクリトリスの裏筋に指を這わせた。

「くひぃぃぃぃ！」

「どう？　女の子の急所よ。感じるでしょ？」

「うん。あぁ、すごすぎる！」

充希は身体に起きた異変が当たり前のことだと知って、少し安心した。すると、動きがさらに大胆になった。

パンティをずらし、大きく膨らんだものを剥き出しにすると、手で握って前後にしごいてみた。

「凜々花……ネバネバしたものが出てくるの」

「感じたら出るのよ」

「そ、そうなの？　普通なんだ」

「そうよ」

さらに安心すると、充希は乳首が変形するほど強く摘んでいた。それくらいの刺激がないと股間の強烈な快感に釣り合わなくなっていたのだ。

次から次へと膣穴から蜜汁が溢れ出てくる。

「あぁ、怖い……何か来る！」

「そういうときはイクっていうのよ。私も……あぁん、イクッ、イクゥ」

凜々花にならって、充希も魔法の言葉のように聞こえる台詞を口にした。

「イク、イク、イク、あぁ、あああん、イクゥ！」

身体がガクガクと震えた。

二段ベッドが上下で共鳴するように揺れた。

充希は身体がバラバラになってしまうような感覚に囚われた。何かが身体の中で爆発するような感覚だ。

「くぅ、イク、イク、イッちゃう！」

凜々花が叫んだ。

充希もつられて同じように絶叫した。

「私もイクゥゥゥゥ！」

8

自慰のあと、充希の股間の異変はおさまっていた。

全身の倦怠感に抗《あらが》えず、あっという間に寝てしまった。点呼の時間に二人とも起きることができずに、寮母に叱られることになった。

教室で凜々花の顔をこっそり見ると、いつもと変わらなかった。ベッドの上と下で破廉恥な行為をしたかと思うと、まともに顔を直視することができなかった。

窓から差し込む陽射しを受けて、凜々花の栗色の髪が黄金色に輝いている。そよ風が長いまつ毛を揺らしていた。天使のような笑顔だ。

あの出来事は夢だったのだろうか。股間の異物は何だったのだろうか。パンティがありえないほど濡れていたのは、あの変な夢のせいにちがいない。

凛々花が充希の視線に気づいたのか、こちらを見てクスッと笑った。慌てて目をそらした。

充希が俯いて顔を赤らめていたら、いつの間にか凛々花が近づいてきて耳元で囁《ささや》いた。

「今日はダンス部があるから、帰りが遅くなるよ」

「……うん」

「察しが悪いわね」

「え？　どういうこと？」

「一人で予習をしてもいいってことよ」

いっそう顔が赤くなるのがわかった。

「な、な、な、何を言っているの!?」

充希は顔を真赤にして俯いた。

「充希って意外と大胆だったのね。でも、充希が心を開いてくれたのは初めてだった気がする。嬉しかった」

「……」

「私のほうから心を開いても、充希ったらなかなか本音を見せてくれないから」

充希が反論しようとしたとたん、凜々花の手が伸びて充希の前髪を持ち上げた。

「前髪をもう少し切ったほうがいいと思うよ」

「ダメ」

充希はすぐに前髪を額に押さえつけた。

そのとき、授業のチャイムが鳴った。

9

放課後、凜々花は宣言どおり部活に出た。充希は寮に戻ったが、なぜか疲労が溜まっていてすぐに寝てしまった。

「充希、充希ったら、起きなさいよ」

「んん、お母さん、あと五分だけ……」

「もう寝ぼけてないで起きなさいよ」

たちまち布団を剝ぎ取られた。いつの間にか外は暗くなっていた。

目の前に凜々花がいて、お風呂セットを持っていた。

「こんな時間!?」

充希は時計を見て驚いた。

「そうよ、早くして。下着は適当に入れておいたわ」

「あ、ありがとう！」

充希は慌ててベッドから飛び起きた。

高等部の寮は個室にシャワーが完備されているというが、中等部は共同の大浴場のみだ。

時間になると、そこに思春期の乙女たちが雪崩《なだれ》込むことになる。

毎日が修学旅行みたいで楽しいという子もいるが少数派だ。みんなで入浴するのは苦手だと口にする子のほうが多い。

もちろん充希も後者だ。

身体の成長は個人差が激しくて、どうしても他人と比較すると劣等感を持ってしまう。

さらに、一年のときに厳しい上下関係のせいでよけい苦手になってしまった。

入浴は上級生から先に入るので、下級生は夕食時に慌ただしく済まさないとならなかった。そんな不公平な伝統はおかしいと異議を唱えたのは凛々花だった。

誰もそれに反論できなかったのは、凛々花が副会長と姉妹の契りを結んでいたからだ。

充希は脱衣室で服を脱いで、浴室に入っていった。

すでに多くの同級生がシャワーを浴びていた。

充希はふだんならシャワーだけで終えることが多いが、今日は身体が気だるく湯船につかりたい気分だった。

充希は髪をタオルで包んで、広い浴槽に身を沈めた。

「はぁ～」

身体の疲労が一気に消えていくような気持ちよさだ。

何気なく目の前を見ていると、同級生の裸が嫌でも目に入ってくる。

新鮮なヒップは、確かに人によって千差万別だ。少年のように四角いのから、丸々とした盛り上がったものもある。もっとも個人差が顕著になるのは、陰毛と乳房の成長具合だ。

ズキンッ。

そのとき、股間が激しく疼いた。

敏感な箇所がニョキニョキと伸びる感覚があった。

「――!?」

充希は反射的に自分の股間を覗き込んだ。

揺れる水面下でピンク色の何かが伸びていた。

それは十五センチほど伸びるとおとなしくなった。水中にあるせいか、驚くほど太く感じられた。

「充希！」

いきなり名前を呼ばれて、心臓が止まりそうになった。

凛々花の高い位置にある乳房はお世辞にも大きいとは言えない。

細い腰に細い太腿。股間には黒い翳《かげ》りがまだなく、Y字の切れ込みが無防備に晒されている。肌は誰よりも白いため、ピンク色の乳首と陰裂の一本筋が驚くほど映えていた。

充希の腹をあれが叩いた。

「ちょ、ちょっと待って」

「どうしたのよ？」

凛々花は不審そうな顔をしかめながら近づいてくるので、充希は中腰のまま逃げるしかない。

とっさに力任せに股間のものを太腿に押し込み、挟んで隠そうとした。

「んんん」

またもや激しい快感が背筋を駆け抜けた。瞬間訪れた静寂に充希のエッチな声が妙に反響する。

「もう変な声出して、発情でもした？」

みんなが注目する前に、凜々花が冗談ぽく言ったことで、それ以上とくに関心が高まることはなかった。

凜々花は充希の隣に座ってきた。

充希は項垂《うなだ》れたまま顔を上げられずにいた。太腿の奥では熱い異物の存在が際立ってきていた。

「充希がお湯につかるなんて珍しいね」

「……うん」

凜々花の顔をまともに見ることができない。

視線の端に彼女の乳首が目に入った。その尖りはプリッと生意気そうにしている。

「もしかして今朝のことを意識している？」

「え!?」

「教えてほしいと言ったのは充希なんだからね」

「みんなに聞こえちゃうよ」

「大丈夫だよ。みんなは自分のことにしか関心がないの。他人の話なんか聞いちゃいないわよ」

凜々花はきっぱり言った。

彼女の自信はどこから来るのだろう。

羨ましく思う反面、その嫉妬のせいでにわかに反抗心が沸き起こる。

「凜々花は私にも関心がないってこと？」

充希は水面を見ながら吐き捨てるようにそう言った。

「……本気でそんなこと言ってんの？」

凜々花が怒ったのがわかった。

しかし、スイッチが入った充希は止まらない。

「本気だよ。朝も……私がそこにいないかのようにエッチなことをして……」

怒りのせいか、頭がクラクラしてきた。

股間がジンジンと疼いて、そこだけ独立した生き物のように感じられた。気を緩めると太腿の間から顔を覗かせようとする。

だが、その刺激が心地よかったのは事実だった。

「顔が真っ赤だよ？」

「本当はこのことを教えてほしかったの！」

充希は凛々花の手を取って、自分の股間に持っていった。

太腿から飛び出したものが、凛々花の手に触れた。恐るおそる凛々花がそれを握った。そのあまりの気持ちよさに、充希の頭はぼうっとなった。

第二章　秘密の花園でキラめく蜜汁

1

「……んんん」

「充希、大丈夫？」

「……凜々花？　私どうしたの？」

「のぼせて気絶したみたいね」

部屋には凜々花の他に寮母の仲村《なかむら》さんもいた。怒ると怖いが、料理は上手《じょうず》だし、掃除も丁寧だ。看護師の資格も持っていると聞いたことがある。

仲村さんが充希の額と首元に手を交互に当ててきた。

「熱も上がってないし、大丈夫そうね」

「お世話をおかけしました」

「若いからといって、無理しないようにね」

仲村さんはいつも優しく微笑んで寮生のことを見守ってくれている。

彼女が部屋から出ていくと、凜々花は冷えたスポーツドリンクを充希に差し出した。

浴場での暴言を思い出して、充希は恥ずかしくなって項垂れた。

「水分補給が大切なんだから、人の好意はちゃんと受け取りなさいよ」

「……ありがとう。さっきは……」

「さっき？　何のことかな。充希が倒れる前のことは忘れちゃった」

充希は身体を起こして、スポーツドリンクを飲んだ。冷たい液体が身体に染み渡るようだった。

「ふう。ありがとう」

「お礼は一回で充分……それより私にも一口ちょうだい」

「……うん」

間接キスだ。そんなふうに意識しているのは充希だけだろう。

彼女は充希のことなどなんとも思っていないはずだ。

「喉がカラカラだったのよ……」

そのとき、凜々花が顔を寄せてきた。

あの天使のような美貌が迫ってきて、充希は胸が高鳴った。その美しい瞳に吸い込まれそうになる。

充希が俯くと、ヘヤピンで前髪をサイドで止められてしまった。

「……あ、あの……髪に変な癖がつく」

「変な癖がついたら切ればいいじゃない」

「やだよー」

「どうして？　とっても可愛いのに」

充希は顔をそらして
「そんなこと……ない」

「そんなに謙遜すると、逆に嫌味に聞こえるよ」

さらに凜々花の顔が近づいてくる。充希はとっさに顔を背けた。

彼女の吐息が頬に優しく触れてくる。それだけで、カッと全身が熱くなる。

「ねぇ、あれは何だったの？」

「……あれって？」

心臓がドキドキした。

「今さら誤魔化せるわけないでしょ」

凛々花が充希の股間に触れてきた。

「ひぃ！」

「あれ？　ない？」

何かを探すように、凛々花が充希の股間をしつこく触ってきた。

今は異変がないので充希は安堵したが、意識すると大きくなりそうな気がする。

「待って！」

凛々花を手で押し返した。

「なんだか、おかしいわね」

凛々花は首を傾《かし》げて、手の感触を思い出そうとでもいうように閉じたり開いたりさせている。

「……な、何？」

「充希、悪いけど裸になってくれるかな」

凛々花は少し意地悪な顔になる。

「嫌！」

充希は子どものように駄々をこねる。

「いいじゃない。減るもんじゃないんだから」

「なにそのスケベなオジサンみたいなセリフ。恥ずかしいでしょ！」

「いつもお風呂で裸になっているのに……もうわかったわ」

諦めてくれたようで胸を撫で下ろした。

しかし、予想は裏切られた。

2

凛々花はいきなり服を脱ぎだし、止める間もなく自ら裸になった。

入浴時に何度も見ているが、部屋で見ると印象がまた違った。白い肌に静脈がうっすらと透けている。ダンス部で鍛えられた手足は少年のように細長かった。股間にまだ大人の翳《かげ》りがなかった。

乳房は控えめだが、愛らしく小柄な彼女に似合っていた。

顔だけでなく身体もガラス細工のように繊細だった。

凛々花の甘い体臭が鼻をかすめた。

「んん」

思わず呻《うめ》いてしまった。あれがパンティの中で膨らみはじめたからだ。

「これでいいでしょ？」

凜々花が裸のまま充希のベッドに上がってきた。そして充希のショートパンツを引き下ろそうとしてくる。もちろん必死で抵抗した。

「お願い、見せて！」

「嫌よ、見せたくないの！」

すると、凜々花は充希の二の腕に足を載せてきた。

「り、凜々花！」

「私も恥ずかしいんだから、充希も覚悟して」

充希の目の前では凜々花の股間が丸見えになっていた。

縦に割れた秘部にあるピンク色の花びらが光沢を帯びている。

「そんなにジロジロみないでよ！」

「あ、ご、ご、ごめん」

「私も見てやるんだから」

充希が気を抜いたすきに、凜々花はショートパンツを一気に引きずり下ろした。

「ひゃあぁん！」

木綿のパンティが露《あらわ》になった。

凜々花からいつも子どもっぽいと言われるパンティは臍の真下まで覆うようになっている。そして、その生地がピンと張り詰めていた。

凜々花の動きが一瞬止まった。そして恐るおそるパンティの膨らみに触れた。

「んんんあぁ！」

充希は堪《こら》えきれずに甘い声を漏らした。

すると、たちまち股間に異変が起きた。あれがムクムクと膨らみだしたのだ。

みるみる生地が引っ張られ、おぞましいシルエットが明らかになっていく。

そのまま臍に向かって伸びて、どんどん肥大化していった。

「……これって……何？」

「知らない。私だって知らないよ」

充希は顔を左右に振ってまくし立てた。

「凜々花だって大きくなるって言ったじゃない！」

「そりゃそうだけど、ものには限度ってものがあって……」

やはり異常だったのだ。

心のどこかでわかっていたことだが、凜々花の反応で不安が募った。

凜々花にも嫌われてしまうかもしれない。

もしかしたら、みんなに知られて、寮から追い出され、挙句の果てには、学校も退学になるかもしれない。それで終わればまだしも、どこかの研究所でモルモットにされてしまうかもしれない。

悪いことばかりを考えて、涙が溢れそうになる。

「見せてったら」

「いや、いやいや、いやぁ」

「さっきはこんなふうになってなかったでしょ！」

「……」

「何が起きているか、ちゃんと見ないと相談にも乗れないわ」

「……秘密にしてくれる？」

「もちろん！」

凜々花は即答した。

「でも……気持ち悪くない？」

「興味津々」

「もうっ！」

充希は少しからかわれていると知って顔をそむけた。

凜々花は素知らぬ顔でパンティをゆっくりと脱がしてきた。あれが突っ張って難儀していたが、パンティから解放されると、バウンドするようにしてぺちんと腹を叩いた。

それは己《おのれ》の存在を誇示するように雄々しく天に向かって聳《そび》え立っている。

「これって……お、オチ×チンみたい……だよね？」

凜々花の率直な感想が胸に刺さって痛かった。

「オチ×チンって、こんなに大きくないよ、ね？」

「まったく無知なんだから。あれはいざというとき大きくなるのよ」

「え!? パパのも弟のもこんなんじゃなかったけど……」

「そのときは興奮してなかったってことだね」

「どうしてそんなこと知っているの？」

その質問には、凜々花は答えなかった。

彼女は「肉棒」を手にして、まじまじと観察した。小さい手からはみ出したそれを充希も初めて見た。

全体的に表面は鮮やかなピンク色をしているが、胴体には静脈が枝のように広がっている。しかも、その血管が青緑色をしていた。

凜々花は真剣な眼差しになっている。こんな真剣な顔を見たのは初めてかもしれない。

視線と吐息で痺れるような甘い感覚が股間を疼かせた。

凜々花が手を動かすたびに、これまで味わったことのない甘い刺激が全身を駆け抜けた。

「オチ×チンみたいだけど……違うと思う」

「本当？」

「形がまず違うもの。膣はそのままだし」

「形？」

凜々花が言うには、男性器というものにはキノコのように先端部が膨らんでいるという。それに対し、充希のものがソーセージのように先端部に起伏がなかった。だが、長さは二十センチほどはありそうだし、太さも直径五センチに迫る勢いだ。本当に巨大ソーセージのようだった。

「オシッコの穴もないね。尿道がないの」

凛々花が先端部を撫でながら言うので、充希は反射的に身体を弓反りさせてしまう。

「や、やめてぇ、変になっちゃう！」

「感度はすごくいいみたいだね」

「あ、あくぅ……」

「でも、不思議ね。感じるとちゃんとラブジュースが出るんだね。理由はわからないけど、たぶん、クリトリスが大きくなってるんだと思う。人より少々巨大だってことかな」

凛々花はそのペニスもどきをつかみ直した。そして親指と人差し、中指の三本で握っている。その細い指が上下に動くたびに、なんとも言えない快感が充希を襲ってきた。

「だめぇ、おかしくなる！」

充希は必死で股を閉じようとしたが、頭がぼうっとなって力が入らず、凛々花に容易に押し広げられてしまう。

膣口をいじられ、愛液をすくい取られた。

肉棒に蜜汁を塗り込まれると、しごくピッチが速まっていく。

「くぅ、あぁ、あぁぁああ！　もうやめてーー」

大きい快楽がそこまで迫っているのを感じた。

あと数回しごかれたら、頭がおかしくなってしまっただろう。

しかし、凛々花は突然手を離してしまった。

3

「……あぁ！」

太腿が虚しく痙攣する。

「充希の言うとおりにしてあげたのよ」

「……」

凛々花は充希の望むものをわかっているくせに、悪魔のように微笑んだ。

絶頂手前まで迫っていた快楽のマグマは身体の奥で渦を巻いて出口を求めている。

充希は思わず凛々花を睨んでしまった。

「恨めしそうな目をしてどうしたの？」

「うぅ……」

「素直になるいい機会だと思うわ」

「……」

「そうやって私が寝てから一人寂しくオナニーをするのかしら？　いつまでそんなウジウジしているつもり？　私は充希の力になりたいだけなのに」

凜々花は少し真剣な面《おも》持ちでそう言った。

以前から、凜々花が充希の引っ込み思案を快く思っていないことはわかっていた。

充希だってこの性格をなんとかしたい。

しかし、こんな状況で素直になるのはひどく恥ずかしかった。

「意地を張っていると損するよ？」

凜々花は充希の股間の突起に吐息を吹きかけてくる。

とたんにむず痒いような刺激が沸き起こった。

もう限界だった。充希は恥も外聞もなく、すべてをかなぐり捨てた。

「……最後までして……お願い」

「ようやく素直になったわね」

凜々花はにやりと笑ったかと思うと、顔を充希の股間に埋《うず》めてきた。

敏感な箇所がいきなり粘膜に包まれて充希の頭はクラクラした。

4

信じがたい光景が目の前で繰り広げられていた。

あの可愛い凜々花が、自分の股間で膨れ上がったものを口に含んでいるのだ。

それは彼女の小さい口には大きすぎるのだろう。口の端から唾液が溢れ、肉棒に垂れはじめている。

「んぁ、んんっ……チュプ、チュッ」

「あぁ、ダメェ、汚いわ。やめて、あぁ、あくぅんん」

凜々花が唇をピタリと肉棒に密着させ、顔を前後に揺らせるたびに、ふわふわした髪が太腿に触れてくすぐったかった。

そのささいな刺激さえも快感にすり替わっていく。

凜々花の熱い吐息が粘膜に当たるだけで、充希は腰をよじってしまう。

充希の目前には凜々花の花唇が迫ってきた。

そこはいつの間にか濡れていて、桃色の花唇が朝露を受けた花びらのように輝いていた。さらに、蜜液が充希の顔にポタポタと垂れてくる。

なんとも言えない甘い薫りをしている。

気がつくと、両手を凜々花の腰に回し、顔に引き寄せていた。

充希は自然と凜々花の秘部にキスをした。

「ひゃぁ！」

今度は凜々花が驚いたように身体をぴくっとさせ、動きを止めた。

充希は自分の大胆な行動が信じられなかったが、何者かに突き動かされるように割れ目に唇を重ねていく。

「私だって……」

「あぁ、気持ち……いい、充希」

凜々花は可愛らしい嬌声をあげながら、肉槍と化した突起にキスを繰り返した。

そうかと思うと、舌を太い幹にからめて舐めてきた。

充希のほうは舌で花びらを掻き分けた。無毛のそこは無防備だ。舌で秘部を開くと蜜汁が溢れている膣口が丸見えになる。

自分のそこもこんなふうになっているのだろうか。不思議で新鮮な気持ちになった。

膣口は縦長の楕円形をしていた。透明感のあるサーモンピンクの粘膜が呼吸をするように蠢《うごめ》いている。

穴の奥も鮮やかな桃色だった。膣の穴の上には、三角フードをかぶった突起がある。

「あぁあ、いいわ。そこ……気持ちいい」

凜々花がうわ言のようにそうつぶやくと、再び充希の肉棒を丸呑みにした。そして指を根元にからめてしごきだした。

充希の頭の中で火花が飛び散った。凜々花と同じように必死でフードを舐め回した。するとゆっくりと包皮が捲れ上がり、中から小さい豆のようなものが現れた。

これが普通のクリトリスなのか。そのあまりの小ささに充希は複雑な気持ちになった。

サイズが自分のとはあまりに違いすぎる。

「あぁ、いい。いいわ。充希」

充希は懸命に愛撫した。凜々花の急所はわずかに突起が鋭くなったくらいだ。自分のものに比べると月とスッポンだった。

初めてだから舐め方が下手《へた》で、凜々花が感じていないだけなのかもしれない。

「あくぅ、激しい。充希の舌がぁぁ、あぁあいい!」

しかし、凜々花がたまらないといった様子で喘ぎ声をあげた。

「もっと大きくならないの？」

「ならないよ」

何気ない一言が胸に突き刺さる。やはり自分は普通ではないのだ。

でも、今はそのことはあと回しだ。快楽に没頭してすべてを忘れよう。充希はそう思うことにした。

凜々花は顔を前後に激しく揺らしだした。

はらりと前髪が垂れるとそれを耳にかけて、頬を膨らませたり、凹ませたりしながらフェラチオに没頭した。同性の充希が見てもいやらしい仕草だった。

「凜々花は、どうしていろんなことを知っているの？」

その質問に凜々花がしまったという顔をした。

5

「私に許嫁《いいなずけ》がいるって話したことあったよね？」

「……うん」

田舎育ちの充希には考えられないことだが、クラリス女子学院には親が決めた許嫁がいる良家の娘が少なからずいるらしい。凜々花もその一人だが、そのことを自分で吹聴したりすることはない。

確か中学一年の最初の夏休み前に、ポツリとつぶやいたきりだった。

「やっぱり覚えていてくれたんだ」

「覚えてるよ。なんか様子が変だったし。ずっと気になっていたけど、こっちからは言い出せなくて……」

「お盆に相手の家に行って、行儀作法を習うの。花嫁修業ってやつかな？　このご時世に冗談みたいでしょ？」

「すごい話だけど、あぁ、あぁああん」

凜々花の巧みな指さばきに、快楽が押し寄せてきて会話に集中できなかった。

もしかしたら、凜々花が意図的にごまかそうとしているのかもしれない。

「私の相手はすごく歳上で、いろいろと教えてくれたの……」

「それって!?」

「はい。この話はおしまいね」

ギュッと肉幹を握りしめられて、それ以上追及することはできなかった。

6

「ねえ、充希、来て」

充希の前で凜々花が脚を拡げて、恥ずかしそうにしている。

もちろんあそこは丸見えになっていた。びしょびしょに濡れそぼっていて、会陰のあたりまで蜜汁が溢れ出している。

その言葉がどういう意味なのか、うぶな充希でもなんとなくわかった。

自分の股間ではあれが痛いほど脈打ちながら、ひくひくと痙攣して、凜々花とつながりたいと訴えていた。

充希は凜々花の秘唇にあれの先端を押しつけたが、つるんと跳ねてうまくいかなかった。

何度も膣口を突いたが、狙いが外れてしまう。

「大丈夫……落ち着いて」

凜々花は自分の太腿を持ち上げて、さらに脚を大きく開いた。

さすがダンス部だけあって、柔軟性がすごい。こんもりと土手が盛り上がり、陰裂が前に突き出されるかっこうになる。

なんとも卑猥な光景だった。

充希はもう我慢できなくなり、がむしゃらに腰を突き上げた。

「あ、あ、あぁ！」

膣穴から肉棒がそれて、割れ目の上を滑ってしまう。それだけで身体が火照ってしまう。

「はぁ……入らないよ……でも、気持ちいい」

「もう一人だけで愉しまないでよ」

「ひぃ！」

突然、凜々花があれをつかみ膣穴に導いた。

この肉壺の中に入れたら、どんな刺激が待ち受けているのか。期待感で興奮が高まった。

腰を突き出そうとすると、凜々花がそれを許してくれなかった。

「ちょっと待って！」

「痛い！　そんなに強く握ったら痛いよ」

「ごめん」

凛々花が珍しく謝罪して、手をゆっくりと離していく。

「やっぱり私たち、変なことしてるよね？」

「違うの。ちょっと覚悟が足りなかっただけ」

そう言うと、凛々花は二、三度大きく深呼吸した。大きい瞳は涙で潤んでいた。

その切なそうな目を見ていると、自分が男になったかのような獣欲に煽られた。

「……行くよ」

「うん。来て」

充希はゆっくりと腰を突き出した。

膣口が次第に拡がり、あれを呑み込みはじめた。

予想以上の締めつけ具合に、身体の奥から灼《や》かれるような悦楽が沸き起こってきた。

「んん、んぁ！」

凛々花が呻くように身体を硬直させると、さらに肉棒が締めつけられる。

まだ少ししか入っていないのに、激しい快感に襲われる。

「はぁ、はぁ、はぁ……」

充希はもっと凛々花の顔を見ようと、いつもは垂らしたままの前髪を耳にかけた。

白い肢体に汗が浮かび上がり、ほっそりとしたお腹が息をするたびに上下に動いていた。乳首は尖って、フルフルと震えていた。

充希は思わず胸に手をやり、可愛らしい乳房を揉みしだいた。

「あぁ、充希……くぅ」

凜々花が甘く囁いた。乳首をこねると喘ぎ声がどんどん大きくなっていった。

あれほどきつかった膣穴が次第に緩んでくるのがわかった。

充希は上体を倒して、凜々花の乳首を舐めた。身体の密着を深めるたびに、あれが深く埋没していった。

狂おしいほどの強烈な刺激に突き動かされ、充希は乳輪まで音を立てて吸いたて、乳首を舌で転がした。

「くひぃ！」

凜々花の身体が再び硬直した。

動揺が膣内にも伝わって収縮するが、蜜汁が夥《おびただ》しいほど溢れたようで、滑りが増していた。

ズブズブと肉槍が侵入していった。

「キツイッ！」

充希は思わず悲鳴をあげた。

あれが絞られてちぎれそうになる。充希は引き抜こうとしたが、肉襞に絡んで容易に抜けなかった。しかも膣道は奥へ奥へと誘おうと蠕動《ぜんどう》する。

自分も女だというのに、女体の神秘さに驚いた。

自然と腰が前後に動きだしてしまう。

凜々花が先に音《ね》をあげた。

「くぅ、充希、ちょっと待って」

「うぅ……勝手に腰が動くの」

まるで誰かの意思で突き動かされているかのようだった。

「もうバカぁ」

凜々花はそう言うと両足を充希の腰にからめてきた。

動けないようにロックしたのだ。

凜々花の無毛の恥丘と充希のそこが重なり合う。さらに密着しようとすると、今度は花唇同士が擦れ合った。

「あああ――!」

充希は甘い吐息を零し、凜々花の上半身を抱きしめた。

乳房同士が重なり合い、目の前に凜々花の顔があった。

瞼をきつく閉じて、眉間に皺を寄せている。唇はグロスを塗ったように輝いていた。すごくイヤらしく卑猥な顔だった。

二人は唇と唇を重ね合わせた。

「！」

えも言われぬ感触だった。充希はさらに貪《むさぼ》ろうとすると、肩を強く押し返された。

「勝手なことしないで」

「え？　でも……」

凜々花のいきなりの拒絶に頭が真っ白になった。

そのくせ、腰はまだガッチリとホールドしたままだ。

意味もわからず充希は腰を前後させた。

「あ、あうぅ！」

「あ、あ、ああ」

混乱したまま快楽だけが高まってくる。

「もう、もうダメェ」

「くぅ、あぁ、イッていいよ」

凜々花がオーガズムに達する許可をくれると同時に少しだけ足の力を緩めてくれ

た。その隙をついてストロークを大きくさせた。

あれが膣の襞を摩擦していく。もはや痛みさえも快感へと変換されていく。

「あぁ、イクッ、イクっ、イクぅぅぅ！」

「くぅ！」

激しく腰を振ると、花唇同士から卑猥な音が響いた。

充希の膣穴から大量の蜜汁が溢れるのがわかった。

まるでお漏らしでもしてしまったかのような感覚だが、それとは比較にならない快楽に頭の回路がショートしてしまう。

「壊れちゃう。身体が壊れちゃう！　イクッ！」

充希は思いきり叫びながら絶頂に達した。

7

そのあとも二人は抱き合って、互いの心臓の音を確かめ合った。それが妙に心地よかった。

だが、ふと凜々花の股間を見て、充希は絶句した。

「!?」

シーツが赤く染まっていたのだ。

「ごめん。汚しちゃったね」

凜々花は照れくさそうにそう言った。

「そんなことより……え？　え？」

充希は頭に両手を当てて、軽くパニックになる。

「星菜先輩とはそういう関係じゃなかったの？」

「お姉さまはヘタレなのよ」

凜々花は微妙な顔をしてつぶやいた。

動揺する充希を見て、凜々花はいつものように小悪魔のような表情で笑った。

「ふふふ、私の初めてが充希だなんて夢にも思わなかったわ」

充希は親友の処女を奪ったことに動揺していた。

しかし、これまでに味わったことのない征服感のようなものもあった。そもそも凜々花との関係で優位に立ったのは初めてのことではないだろうか。それほど意識したわけではないが、自分は今まで凜々花に予想以上に劣等感を抱いていたのかもしれない。

「いいこと教えてあげる」

凜々花はウエットティッシュで充希の股間を拭いた。

「んあぁ、あぁあ」

充血した肉棒は敏感に反応して、少しの刺激で痛みが走った。だが、すぐにまた性懲りもなくムクムクと屹立を始めた。

「男の人って射精をしたら一気に醒めちゃうのよ。でも、こうやって……」

まだ汚れが残っているのに、凜々花が咥え込んできた。

「ひぃ、汚いよ」

「失礼ね。私の中が汚いっていうの？」

「あぁ、いや、そういう意味じゃなくて……」

「舐めて綺麗にしてあげる」

「んんん！」

「これはクリペニスって言うみたいよ？」

「クリペニス⁉」

「ペニスみたいなクリトリスのこと」

「へえ、そういうのがあるんだ」

充希は少しだけホッとした。そして腰砕けになってベッドに尻もちをついた。

凜々花が口から肉棒を吐き出すと、ツーと口から唾液を垂らした。

ねっとりした粘液が肉胴の上を這うだけで、どうしようもなく下半身が疼いてくる。

凜々花が悪戯《いたずら》っ子のように目を細めて笑った。また咥えられたら、恥じらいもなく腰を動かしてしまいそうだ。

「こんなのはどうかな？」

凜々花が上半身を倒してきた。小さい乳房が下に向かって三角錐のような形になっていた。その中心にクリペニスが押し当てられたかと思うと、そのままのしかかってきた。

「んひぃ！」

「反応が過敏で、面白いわね」

「はふぅん……何をする気なの？」

「男の人が喜ぶことよ」

凜々花が乳房を両手で中央に寄せ合わせた。

絹のように滑らかな乳房が肉竿を挟み込もうとするが、さすがに凜々花のは小さいので、肉棍があちこちに跳びはねた。

「あぁ、もう。やっぱりうまくいかない」

凜々花は負けず嫌いで、何度もチャレンジするが、乳房の合間からクリペニスが逃げてしまう。

それでも皮膚に擦れることで、激しい快感が沸き起こる。充希はシーツを必死につかんで、お尻を浮かさないように頑張った。気を抜くと、積極的に胸にこすりつけてしまいそうになる。

「これは何してるの？」

「パイズリってやつだよ」

「パ……イズリ？」

「まったく充希は奥手なんだから」

凜々花はパイズリの解説をしてくれたが、今やっていることは、それとは違う気がした。

充希の顔に疑問がもろに出ていたようで、とたんに凜々花が不機嫌になった。

「ムカつく！」

凜々花が今度は充希の乳房を鷲づかみにすると揉みだした。最初は荒っぽかったが、次第に乳房の弾力を堪能するような動きへと変わっていく。充希もとろ火で炙《あぶ》られるように、じんわりと身体に快感が広がっていった。

「くぅ、あぁ……昨日とはまるで違う」

「昨日ってオナニーのときのこと？」

「恥ずかしいこと言ったらダメッ！」

「本当のことじゃない……それにしても、何なのこの贅沢なオッパイは！」

凜々花は今度は充希の乳房にキスをしてきた。

「はぁふん！」

「ズルいよ。すごくきれいなオッパイだし、何このモチ肌。エロすぎる」

キスマークがつくほど乳房に吸いついている。

それだけでは飽き足らず、凜々花は乳輪の周りを舌でこねくり回し、さらには乳首を唇で挟んで甘く嚙み締めた。

ゾクゾクと背筋が震えるような電流が走る。充希は我慢していたが、ブリッジするように腰を突き出していた。

「だめぇ。また、イッちゃう！」

「待って。絶頂のときどうなるかちゃんと見てみたい」

凜々花はそう言うと、充希の上に馬乗りになった。

しかし、今度は挿入しなかった。無毛の陰裂にクリペニスを押しつけるばかりか、腰を激しく前後に揺らしはじめた。

裏筋が恥裂にこすれ、どこかにコリッとした感覚もあった。

「わかる？」

「な、何が？」

「私のクリトリスも充希のに当たっているの……でも、ちっぽけで太刀打ちできないよ」

凜々花が自嘲気味にそう言って、充希の乳房を揉みしだいた。その激しい愛撫が快楽の薬味となって複雑な感覚を覚醒させていった。

「あ、あひぃ！　いい、イクぅ。また、イクぅぅ!!」

「あぁ、私もイクから、充希がイクときをよく見せて」

「やだぁ、恥ずかしい！　あひぃ、イッちゃう！」

充希は手で顔を覆った。自分でもイヤらしい顔をしている気がする。膣口にドバッと蜜汁が流れているのがわかった。

8

「はぁ、はぁ、はぁ……」

二人は息を荒げていた。

充希の身体に凜々花の汗が滴り落ちた。

「やっぱり……違うみたい」

凜々花が不思議そうな顔をしている。

「違うって？」

「男の人のオチ×チンと充希のものは別物だってこと。射精なら精液が出るんだけど、充希のはそうじゃない。でも、こっちはびちょびちょ」

充希は割れ目を触れられるがままにしていた。放心状態なので、身体を動かす力さえ残っていない。それなのに、再び股間が疼きだし、陰核が硬く隆起しはじめた。

「やっぱりこれはクリトリスだね。充希は間違いなく女の子だよ」

その言葉だけでなんとも心強かった。

「ありがとう。凜々花」

充希は安心して、目を閉じると、深い眠りへと誘われていった。

第三章　授業中の秘密の遊戯

1

翌日の放課後――。

その日の夕陽は怖いほど赤かった。

「ねぇ……」

教室で呼びかけると、凜々花が振り返った。充希の顔を見て、げんなりした顔をした。なぜか凜々花の目は冷たかった。

自分の頬に手を当てると、火照っているのがわかった。変な動悸がした。

単に凜々花と話したかっただけなのに、拒絶されたような気がする。

「じゃ、私は部活があるから」

凜々花はそう言い残して、その場を立ち去った。

充希は呆然として窓の外を見ていた。やがて、凜々花が星菜と会っているのが見えた。二人であたりをキョロキョロと見回して、体育館の物陰に隠れた。

いったい何をしているんだろう。あらぬ想像が次々と沸き起こった。

もしかして、充希の秘密を星菜にバラしているのではないだろうか。そして二人して笑うんじゃないだろうか。

そんなことを考えていると、居ても立ってもいられなくなった。

確かめたくて凜々花のあとを追った。しかし、体育館にも中庭にも二人の姿は見えなかった。

「どこに行ったの?」

思わずつぶやいてしまった。

もちろん、独り言のつもりだったが、突然、後ろから返事があった。

「何を探しているのかな?」

「え?」

振り返ると、スラリとしたモデルのような悠がいた。

またも背後を取られてしまった。

「まるで幽霊でも見たみたいじゃないか！」

「……」

「ご覧のとおり脚だってあるよ」

悠はスカートを捲くっておどけてみせた。魅惑的な太腿が半ばまで露《あらわ》になる。

真っ白い太腿を見て、思わずドキッとした。

充希や凜々花のように細くて頼りないものではなく、大人になりかけた美しい曲線を描いていた。

「そんなにじっと見ないでよ」

「あっ」

慌てて視線をそらすが、すでに遅かった。

あれがむくむくとパンティの中で膨らみはじめたのだ。

「君には刺激が強かったかな」

「え、いや、その……」

充希は言葉につまりながら、前かがみになってしまう。

それまで冗談口調だった悠が、それを見て慌てて近寄ってきた。

きっとまた顔が真っ赤になっているはずだ。

「大丈夫？　保健室に行こうか？」

「いえ、違うんです。大丈夫です」

充希は股間を押さえて首を振った。

「あれは持っている？」

どうやら生理と勘違いされたようだ。

否定しようと思ったが、そうすると他の原因を追及されそうで、曖昧《あいまい》に頷《うなず》いて悠の勘違いに話を合わせた。

すると、いきなり腰に手を回された。

「ほら、肩を貸すよ」

「……一人で大丈夫です」

悠から甘い香りがしてきた。

密着することで身体の柔らかさが伝わってくる。

完全に勃起したクリペニスがパンティの中で窮屈そうにどんどん大きくなっていく。

歩くたびに生地に擦れて甘い刺激が走った。

「身体が熱いけど、大丈夫かな？　熱もあるかも」

「い、いえ、違うんです。んん」

乳房を押しつけられ、充希はますます戸惑ってしまう。

悠が顔を覗き込んでくる。

切れ長の優美な目に焦げ茶色の瞳をしている。顔立ちもシャープな中に女性らしさがある。

先ほどから甘い匂いが鼻をくすぐっていて、頭がクラクラしてくる。

「せ、先輩……自分で歩けます」

「今日は逃さないよ。僕は生徒会長をするほどのおせっかいなんだから」

「うぅ……どうして、私なんかに」

生徒会長が妹候補を探しているのは周知の事実だ。

充希は自分が自意識過剰なのではないかと思って、さらに頬が赤くなるのがわかった。慌てて、訂正しようとした。

「すみません……そんな意味じゃなくて」

「どんな意味だと思ったのかな？　もしかして、妹候補のこと？」

「……身のほど知らずですみません」

顔をそむけると、顎を指を引っかけられて引き寄せられた。強引だが、悠がやるとスマートに見える。不思議と不快感はない。

悠が真剣な顔をして言った。

「僕の妹にならないか？」

「!?」

「気まぐれに言ったように思うかもしれないが、僕は本気だよ？」

「どうして、私なんですか？」

「君だけが僕に関心を持ってくれていないように見えた。それが気になったんだ」

人気者ならではの言い分に関心してしまった。

悠がさらに続ける。

「今日、話してみると、なぜだか、ドキドキしてたまらないんだ。まるで男子に告白しているような気持ちになってしまう」

手を取られ、胸元に誘導され、立派な乳房に押しつけられた。

彼女の心臓が早鐘を打っている。

もう我慢の限界だ。

肥大化した陰核がパンティから顔を覗かせて、臍のほうまで迫っているのがわかった。

しかも、先端がスカートの裏生地に擦れて、蜜汁が溢れてパンティがぐっしょり濡れていた。

「……どうだろう？　僕の妹にならないか？」

「せ、先輩。すみません……ト、トイレに」

充希は彼女の手を振り払って、一路トイレを目指した。

腹痛だと勘違いしてくれることを祈った。

2

トイレに駆け込むと、個室に飛び込み鍵をかけた。

洋式便器に座り、すぐさまスカートを捲り上げた。

案の定、あれがパンティから顔を出して、ヒクヒクと物欲しそうに蠢《うごめ》いている。

我慢できずにぎゅっと握りしめた。

「あッ、あぁぁ」

とたんに身体の芯から震えるような快感が身体を駆け巡った。

誰か来ないか気が気でないが、欲望に抗《あらが》えなかった。

気づいたときには、パンティからクリペニスを引っ張り出し、両手でしごいていた。

膣道が収縮を繰り返し、愛液を吐き出しているのがわかった。

パンティを脱ぐことさえもどかしかった。

今は一心不乱に巨大陰核をしごくのみだ。

「くぅ、あひぃ！」

ツーッと糸を引きながら、蜜汁が便器の底に垂れて落ちていく。

悠のことをふと思った。自分を妹にしたいと言ってくれたが、きっと何かの勘違いか、からかっているのだろう。自分は生徒会長の妹にふさわしい器《うつわ》ではない。

なにしろトイレに隠れて自慰をしているような浅ましい変態なのだから。

指先に悠の乳房の感触を思い出しながら、熱い肉棒をしごき上げていく。

「私……なんて……ことをしているの。も、もうこれで最後だから」

そのとき、トイレのドアが開く音が聞こえた。

さすがに動きを止めて身を潜めた。

高まった快感が宙ぶらりんの状態で放置されて、身体の中で渦巻いている。

すぐに二人の生徒の声が聞こえてきた。

「生徒会長、かっこいいよね」

「でも、さっき廊下ですれ違ったときに思ったけど、ちょっと近寄りがたいね」

どうやら、悠はいなくなったようだ。充希の失礼な態度に気分を害したのかもしれない。

二人がそれぞれ個室に入っていく。排尿音を消す機械音が流れだした。自分はそれを押す余裕さえもなかったことに気づいた。

「誰が妹になるんだろうね」

壁越しに会話は続いていた。

「うちらみたいな普通の生徒じゃないことは確かだよ」

「生徒会長と副会長、それに凜々花も名家だもんね」

「凜々花は縁故採用でしょ」

「ちょっと可愛いからってやりたい放題だよね」

「副会長とデキているって本当かな?」

少女たちは凜々花のことを噂した。本当の凜々花のことなど何も知らないくせに好き勝手なことを言う。

しかし、充希はそんな噂を聞いているどころではなかった。いったん火のついた欲望が収まらずにいた。ついに我慢できなくなり、クリペニスを再び擦りはじめていた。

すぐ近くに人がいるというのに、制服の上から乳房を揉みしだいた。

緊張で震える手が他人のように感じられ、快感が高まっていく。

「はぁ、はぁ……はぁッ」

声を押し殺そうとしても、鼻から甘い吐息が漏れてしまう。

充希の気配を感じ取ったのだろう。

隣の個室の少女もぴたっと会話をやめて、聞き耳を立てている様子が窺《うかが》えた。

それはわかっていても、喘ぎ声は漏れるし、アレをしごく激しさは増すばかりだった。

隣からトイレットペーパーを回す音と、水を流す音がほどなく聞こえた。用が済むと、そそくさと個室から出ていった。

友だちのほうもほどなく個室から出て、一方が小声で話しかけた。

「隣の人、毒キノコ会の人かもね」

「え？　そんな人がマジでいるの？」

「いるらしいよ。私のお姉さまが言ってたもん」

「あなたのお姉さまは新聞部でしょ？」

「しっ！」

二人はどたばたとトイレから出ていった。

3

毒キノコ会とは、事情に疎《うと》い充希でも耳にしたことがある「姉妹の親睦を深めるために、われわれは活動する」というよくわからないスローガンを掲《かか》げているそうだ。

寮内でまことしやかに囁《ささや》かれている謎の姉妹たちだ。

その活動目的は怪しげなオモチャを提供することにあるらしい。充希はオモチャと言われてもピンとこないが、凜々花はちゃんとわかっているようだった。

だが、エッチなオモチャのことだろうと察しはつく。

「あぁ……もしかして、凜々花は私のことを……」

充希のクリペニスはオモチャの代用品だったのかもしれない。

そう思うと少し悲しくなる。だが、その一方で手に力がこもっていく。

押し潰した乳房が痛くなるが、燃え上がる快楽の前ではスパイスでしかなかった。

クリペニスを握っても、凜々花のあそこには敵《かな》わなかった。

それでも、快感は天井知らずで高まっていく。

たちまち子宮の奥から一気に爆発してしまう。

「イクッ、イクぅぅ！　イッちゃう!!」

身体ががくがくと痙攣した。

プシャーッ！

パンティに向かってお漏らししたかのように勢いよく蜜汁が飛び出した。

プシャー！　プシャー！　プシャアアァ――――ァ!!

頭の中が真っ白になり、意識を失いそうになる。

「あ、あひぃ、気持ちよすぎる！」

充希は気絶するほどのオーガズムに達した。それがゆっくりと時間をかけて引いていく。

絶頂の余韻にも揺さぶられた。

気がつくと、あれほど存在を誇示していたクリペニスはすっかり小さくなっていた。

「うぅ……気持ち悪い……」

粘液で濡れたパンティを脱ぎながら、泣きたい気持ちになった。

「どうして、こんなことになったの？」

4

突如、発生した陰核問題に、充希はずっと悩まされつづけた。

授業中でも勝手に大きくなることがあるのだ。

この前、冷たかった凜々花は、次の日にはふだんどおりだったりした。

拒絶されているのか、受け入れられているのかわからず、充希は困惑した。

体育の授業が終わり、更衣室で着替えていたところ、凜々花が静かに近づいてきた。

ぐずな充希は体操服のままで、半袖シャツにショートパンツ姿だった。何事もそつなくこなす凜々花はすでに制服に着替えている。

「くぅ、あうぅ」

「そんな声出したらバレるってば」

体育の授業を終えたクラスメイトたちの姿は更衣室になかった。今は二人きりである。

「こんな……場所で……」

「だって他に誰もいないじゃない？」

だからといって、更衣室でいいわけがない。

誰が入ってきてもおかしくないのだ。

それなのに、凜々花はそんなことにはおかまいなしで、充希の背後から手を回している。

ショートパンツと太腿の隙間から、クリペニスがひょっこり顔を出していた。

「休憩時間が終わっちゃうよぉ……あうぅ」

凜々花が巨大陰核を手で激しく擦っていた。

青色のショートパンツの股ぐらには、すでにシミが広がりつつあった。

「ねぇ、充希のここはなんでこんなに大きくなるの？」

「わ、わからない……あああ、あうぅ」

「体育の授業中も大きくさせていたでしょ？」

「うぅ」

「極めつけは更衣室でクラスメイトの着替えを見て興奮したんでしょ？」

「ち、違う！」

「違うなら、これはどう説明するの？」

否定したものの大きく勃起したクリペニスがあってはなんの説得力もない。

「くぅ、知らない、知らないよ。私だってこんなものいらないもの」

「そうやってまた逃げるの？」

「だって……」

「目を背けたって、何も変わらないわよ」

「……」

悔しいが凜々花の言うとおりだった。充希のいつもの悪い癖が出ている。どうしても現実から目をそらしてしまうのだ。

「わ、私……自分が嫌い。変わりたいの」

「そういう相談なら協力するわ」

そう言うやいなや、凜々花は充希のショートパンツをパンティごと太腿まで脱がした。

「ひゃん、な、ななな、何するの!?」

「いいものがあるんだ」

凛々花はにやりと笑ってスカートのポケットから丸い卵のようなものを取り出した。

「なにそれ?」

「ピンクローターというやつ」

慣れた手つきでローターをクリペニスの竿にテープで貼りつけていく。

「ひぃ……変なことしないで」

「動かないで!」

下腹にクリペニスがばつ印に固定されてしまった。そして、そのままパンティを股に食い込むほど持ち上げられた。

「んあぁああ!」

「大きい声を出されたらいじめたくなっちゃうじゃない」

凛々花はパンティの両サイドを引っ張り、上下に揺らしだした。

お尻の谷間にパンティがぎゅっと食い込んだ。だが、前面のほうがひどいことになっていた。褌《ふんどし》のように細くなった生地にクリペニスの姿が浮かび上がっていた。しかも、ピンクローターの振動がじわじわと強烈な快楽を与えてくる。

「くひぃ、あ、あぁあ……」

「感じてるのね？　ほんとエッチな子」

「は、外して……くはぁん……」

「ねぇ、誰かが更衣室に入ってきたらどうする？」

「だ、だめぇ。恥ずかしいところ見られたら死んじゃう」

「大げさだよ」

凜々花は笑いながら、さらにパンティをつかんで揺らした。蜜汁が溢れ、膝に絡まったショートパンツにまで垂れ落ちている。

「あ、あぁ、だ、だめぇ……イクゥ。イキそう」

身体の芯から震えが始まろうとしたとき、予鈴が鳴りはじめた。

突然、現実に引き戻された。

凜々花も手を離して、さっと離れていった。

「ま、待って……最後まで」

「授業に遅れちゃうじゃない」

「……そんなぁ」

「充希も早く着替えなさいよ。あと、ピンクローターはそのままだからね」

凛々花はそう言い残し、さっさと更衣室から出ていった。

取り残された充希はひとり呆然としたが、授業に遅れまいと慌てて制服に着替えるのだった。

5

だが、もたついた充希は授業に遅刻した。

教室まで走って戻れば間に合うはずだった。しかし、あれが勃起したままで、しかもピンクローターがあるので、うまく走れなかったのだ。

腰砕けになって、ヨロヨロと歩くのが精一杯だった。

更衣室のある高等部棟から中等部棟へつながる渡り廊下で、ついに耐えきれなくなり、壁にもたれかかって息を整えていた。

「大丈夫かい？」

肩をいきなり触れられて、充希は雷に打たれたように飛び上がった。

思わず少し漏らしてしまった。ナプキンがなかったら、脚を伝って蜜汁が垂れたことだろう。

濡れたパンティの対策としてナプキンをつけたのが正解だった。

「本当に大丈夫かい？」

それは悠の声だった。悠はどこからともなく現れる。

「せ、先輩！」

振り返るとやはり悠だった。

それにしても、どうして悠はこんなに自然に相手に接することができるのだろう。

「君は本当に心配ばかりさせるね」

「ひゃあ……」

「教室までいっしょに行こう」

「大丈夫です」

「保健室がいいかな？」

自称おせっかいの悠に、充希は抗うことを諦めた。

「……教室でお願いします」

「わかった」

悠がにっこり微笑んだ。とびきりの笑顔だった。胸が自然と高鳴ってくる。

「……」

廊下を歩いているとき、悠が話しかけてきたが、充希の耳には入らなかった。

気づいたら教室の前にいた。

「どうして、私のクラスがわかるんですか？」

「妹の申し出を断られて、君のことが気になって調べたんだよ」

「……ちょっとそういうところは怖いかも。ストーカーっぽい……」

興奮も収まり、余裕が出てきたためか、つい冗談めいた口調で言ってしまった。

「やっぱり？　ははは。でも、君を妹にしたい気持ちは本当なんだ」

悠が今度は真剣な眼差しで見つめてきた。充希はまともに顔を見ることができず項《うな》垂《だ》れる。

前髪が目のあたりを覆うが、悠がヘアピンで髪の毛をとめた。

「君に似合うと思って……買ったんだ。よかったらつけておいてほしい」

「……ありがとうございます」

自分でも頬が真っ赤になるのがわかった。

だが、ふと気づいてしまった。悠のほうでも思い当たったようでとたんに赤面した。

「これは別に買収とかじゃないから。単なるプレゼントと思ってくれたら嬉しい」

「は、はい。次の休憩時間に鏡を見る楽しみができました」

「そう言ってもらえると、嬉しいな。ありがとう」

悠は教室のドアを開けて、充希を中に導いた。

中等部の教室に、いきなり全校生徒の憧れの的である生徒会長が現れたので、いっせいに黄色い声があがった。

しかも……。

「体調が悪そうだったので、介抱していました。遅刻をして申し訳ない」

それはまるで妹を気遣う姉のようだった。

6

当然のことながら、充希はみんなの注目を浴びた。

それには羨望と嫉妬が入り混じっていた。

悠は注目されることに慣れているようで、まったく動じないのに、充希は自分に突然向けられる視線に困惑せずにはいられなかった。

いつも陰気に前髪を垂らしている充希が、今は髪留めをして顔を晒している。その変化にクラスメイトが気づくのに時間はかからなかった。

「それでは、失礼します」

悠がドアを閉めると、教師は何事もなかったかのように授業を再開した。

充希もおとなしく席について、授業の準備を整えた。

しかし、他人の視線と股間のピンクローターが気になって仕方がない。

大好きな日本史の授業が進んでいくが、内容がまるで頭に入ってこない。

離れた席の凛々花を恨めしげに見ると、すぐにメモを寄越した。

『悠先輩の妹になったの？』

『なってない』

『どうしていっしょにいるの？』

ふだんはこういうやり取りは楽しいのだが、途中、誰かに読まれないかとドキドキした。

充希がメモを返さずにいても、それにおかまいなしに矢継ぎ早にメモが届いた。

『悠先輩が嫌なの？』

『無視するの？』

『答えないなら、気持ちよくなってもらおうかな？』

凛々花が小悪魔のように微笑んでいる。

相変わらず天使のように愛くるしい笑顔だった。男子がこれを見たら、一発で恋に落ちるだろう。

思わず太腿を閉じ合わせて身構えた。

そのとたん、衝撃が走った。ローターがいきなり振動しはじめたのだ。

「んひぃ」

思わず甘い声が洩れた。

周りの席のクラスメイトが、すぐに充希のほうを見た。

充希は咳をしてごまかした。しかし、パンティの中ではしっかりとローターが動いている。

どういう仕組みなのか、微細な振動を送ってきて、股間がジンジンと熱くなっていた。

(あ、あうぅ……やめてぇ)

充希は俯いて腰をよじらせた。

絶頂間際で放置された快感に再び火がついた。身体全体が敏感になっている。あれがパンティの中でもどかしげに蠢いているが、テーピングで固定されているので、ローターと密着するばかりだ。

耳をすませば、ブーーンと羽音がする。

少しでも刺激を減らそうと股を開くが、それまで閉じていた膣口が開くのがわかった。すると、すぐに蜜汁がたっぷり溢れ出す。振動音も激しくなった気がした。

慌てて太腿を閉じ合わせた。すると、ローターが押さえ込まれ、急所に押しつけられることになる。緊張感もあいまって、ますます快感が高まり、背筋を駆け抜けていく。

（凜々花……もうダメ。ローターを止めて）

そう目で訴えた。しかし、相手にしてもらえない。それどころか、ローターの振動が強まった。

バレたらと思うと、恥ずかしくてたまらない。

そんなとき、背中をとんとんと叩かれた。

「ひゃん！」

思わず変な声が出た。

「どうかしましたか？　大丈夫ですか？」

日本史の生真面目な教師だった。

「なんでも……ありません。すいません」

充希はそう答えるのがやっとだった。

後ろの席の級友もそっと声をかけてきた。

「体調悪いの？　目が真っ赤だよ？」

「ありがとう……大丈夫」

恥ずかしい姿を指摘されて、充希は俯くしかなかった。

「小森さんてすごく目が大きくて美人なんだね。そっちの髪型のほうが絶対にいいよ」

「……」

励ましてくれたのかもしれないが、何も返答できなかった。

でも、美人と言われて胸が高鳴ったのは事実だった。社交辞令でもうれしかった。

しかし、残酷にも再びローターが振動を開始した。

額には珠のような汗が浮かび、形のいい眉がハの字に垂れていることだろう。唇は半開きになったかと思うと、喘ぎ声が洩れ出し、慌てて嚙みしめる。

とてもではないが、授業に集中できなかった。

あれに密着しているローターがどんどん存在感を増していく。それがもどかしくなって、自分の手でしごきたい欲求が膨らんでくる。

「んっぁあ……」

涙目になりながら時計を見た。終業にはまだまだ時間が残っている。

危うく洩れそうになった声を必死に堪《こら》えた。

腰が椅子の上でもじもじと動くのを止められない。

次第にパンティがずれていき、クリペニスが顔を覗かせたのがわかった。見れば、スカートがテントを張っている。

「‼」

卑しい匂いも漏れてしまうかもしれない。蜜汁がナプキンの吸収量を超えるのも時間の問題だ。

もし、このまま絶頂に達したら、悲惨な目に遭ってしまう。明日から学校に来られなくなる。

背中をまた叩かれた。凜々花から回されたメモだった。

『最後までやる？　私は充希に素直になってほしいだけ』

そのとき、あれほど止めてほしいと願っていたローターの振動がやんだ。

充希はすぐに返事を書いて渡した。

心臓が止まりそうになる。自分でも信じられないことを書いていた。

『最後までイカせて』

教室で絶頂に達したかった。気が狂っているとしか思えないが、それが充希の本心だった。

しかし、すぐに不安になってきた。あんなことを書いたことを激しく後悔した。

もうおしまいだ。

そう思った瞬間、ローターが唸りをあげて振動しはじめた。

「んんひ！」

ぴんと背筋が伸びた。思わず呻き声が洩れた。

だが、幸いなことに、それは教師の声に掻き消された。

もう恥も外聞もなく膝をこすりつけるほど股を閉じて、スカート越しに手で押さえた。勃起したクリペニスの先端とローターに触れた。

妖しい刺激が増幅し、下腹部から全身に広がっていく。

股ぐらに手を強く押し当てと、次第にスカートを前後に揺らしだした。あれの先端あたりでからまっているパンティがずり落ちていく。

教室でオナニーをしていると意識すると、激しい興奮に襲われた。

片手で口元を押さえて喘ぎ声を封じ、もう片手でスカート越しにクリペニスを擦った。その刺激で肉体が蕩けてしまいそうになる。

いつしか無意識に股を開閉し、お尻をグラインドさせていた。

「んくぅ、んんん……あうぅ」

頭がショートしてしまいそうだ。

身体の汗腺がすべて開き、制服もスカートもじっとりと湿り、全身にまとわりつく。

「イクぅ」

必死に声を押し殺したまままつぶやいた。

がっくりと首を折って、身体を硬直させた。

充希は絶頂に達した。アレが暴れるように動き回り、テーピングが外れた。

溢れた蜜汁はついにナプキンの吸収量を超えて、スカートまでじっとりと濡らしだした。

7

――放課後。

裏庭の一角にあるベンチに充希は凜々花と二人で座っていた。

「ひどい、ひどいよ！　ひどすぎるわ」

充希は凜々花の胸に頭を埋《うず》めて泣いていた。

「悪かったたって」

凜々花は悪びれた様子もなく笑っている。

「どうして、あんなことしたのよ」

充希は凜々花の顔を仰ぎ見た。

「だって、充希があまりに可愛いから」

「嘘！」

「本当だって」

「私、地味だもん」

「前にも言ったけど、そういう謙虚さは嫌味だよ？　充希は可愛いんだよ。まだ信じられない？」

「だって……」

「その髪留めって悠先輩がくれたんでしょ？」

髪留めに触れながら、凜々花が充希の目をじっと見た。

「……」

「妹に誘ってくれたのも、充希の本質をすぐに見抜いたからだよ……あの人は、ほんと鋭いよ」

最後のほうは小さい声になって聞こえなかった。

「私はずっと変わりたいって言ったけど……」

充希はそう言葉にしてみて、大胆な考えに胸がドキドキした。

厚かましいと思われないか。不釣り合いではないだろうか。

「うん。言ってたね」

「……生徒会長の妹になろうと思うの」

凜々花が驚いた顔をした。そしてすぐに優しい微笑みになった。慈愛に満ちた聖母マリアのようだった。

8

悠は驚いていた。自分の妹にしようと思っていた少女が、親友の星菜の妹と抱き合っているのを目撃してしまったからだ。何か真剣な話もしている。

「不道徳だ」

口から思わず声が出てしまった。

姉妹の破局もよくある話で、新たに鞍替えすることも珍しいことではない。表向きは姉妹関係を続けたままで、こっそりと「不倫関係」を続けるという噂もよく聞く。

この姉妹制度にはそもそも無理があるのだろう。

どんなに相思相愛であろうと、同級生同士では姉妹関係を結べないのだ。

「これは禁断の恋ってやつ？」

悠はキャラじゃないが、口に手を当てて焦った。

凜々花は充希の頭を撫でてから、二人はそこで別れた。充希がこちらに向かってきたので、悠は慌てて木の陰に隠れた。

（自分は本当にストーカーになったのかも……）

充希の言葉が心に引っかかっていた。

最近の悠は自分でもどうかしていると思うほど、充希のことが気になって仕方がなかった。

通り過ぎていった充希を目で追った。

どういうわけか、充希に惹かれてしまうのだ。うまく説明できないが、他の女子とは決定的に違うものを感じていた。

(なぜだろう)

充希の背中は思った以上に華奢だった。

細い腰にベルトを巻いているが、絞っているわけでもないのにガラス細工のように細かった。そのせいで、中等部の生徒にしてはヒップのラインがS字曲線を見事に描いていた。

艶やかな髪は日を浴びて、キラキラと輝いている。遠くからでも、淡く甘い匂いが漂ってくる。

今すぐにでも近づいて充希を抱きしめたかった。なんとしても、妹にしたかった。

「……くそ。情けない」

汚い言葉が口から出てしまった。

声をかけたいのに、それができなかった。自分がこんなに臆病になるとは思わなかった。

(どこに行くんだ?)

悠はそっと充希のあとをつけた。充希は生徒会室がある銀杏館へと入っていった。

鍵が開いているということは、役員の誰かがいるのだろう。

悠もこれから「毒キノコ会」のことで話し合う予定になっていた。また、怪しげな玩具が流通しているらしいのだ。

9

平静を装い、館内に入っていった。

「会長、お待ちしていましたよ」

生徒会室にいた書記がそう言って席を立った。

その隣には充希もいた。その前には紅茶とクッキーが置かれていた。

すると充希がすっくと立ち上がった。

第三者のいる前で妹になることを断られたら、会長として立つ瀬がない。

だが、それは杞憂《きゆう》だった。

「悠先輩……もし……よろしければ、私を妹にしてください」

充希がいつになく毅然とした態度で言った。

「え？」

予想外の申し出に、悠は固まってしまった。

「これまで二度も断って、すみませんでした」

「い、いや、それはかまわないんだけど、本当に僕の妹になってくれるのか？」

「はい」

充希は悠の目を見てしっかり返事をした。

「そ、そうか。ありがとう。では、よろしくね。僕のことは……」

自分でも赤面するのがわかった。充希も同じように頬を赤く染めていた。そして、悠の言葉を継いで、桜色の美しい唇を開いた。

「お姉さま。よろしくお願いします！」

充希はペコリと頭を下げた。

第四章　女が女を女にするとき

1

それから一週間がすぎた。

充希は生徒会のサポートを本格的に始めた。

まだわからないことだらけなので、そのつど悠に確認しないとならないことが多かった。

姉妹の関係が始まったばかりなので、悠を呼ぶときに少し恥ずかしかった。

「……お姉さま」

「なぁに？」

悠が優雅に微笑み返してくれる。

凜々花の天使のような笑顔とはまた違った魅力があった。言葉にすると大げさだが、神々《こうごう》しいという言葉がしっくりくるかもしれない。

悠が自分の姉になったという事実が、いまだ信じられなかった。

噂はまたたくまに学園を駆け巡った。

新聞部からは取材までされ、電子版にもアップされた。それが多くのOGの目に触れることになった。

悠に連なる歴代の姉たちが、充希に関心を持っているという噂を耳にした。

さすがは歴史が長く、淑女教育に長《た》けたクラリス女子学院である。

「……毒キノコ会を摘発するって本気なの？」

副会長の星菜が驚いたように聞き返した。

「ええ、そのとおり。クラ女の汚点だからね」

「よくわからないのですが、その会はどんな活動をしているんですか？」

充希は小声でそっと尋ねた。

一瞬、悠が言い淀んだ。他の生徒会メンバーも微妙な空気になった。だが、凜々花は興味津々な顔で身を乗り出した。

「私も知りたいです！」

絶対に知っているはずなのに、充希に援護射撃してくれたのだろう。

ますます悠は難しい顔をして、副会長の星菜に目配せをした。

「凜々花にはあとで説明する」

星菜がそう言うと、凜々花は頬を膨らませて不満を訴えた。

「いま聞きたいのに！」

そんな副会長姉妹をよそに、悠が充希に耳打ちをしてきた。

「ちょっと来てくれるかな？」

「はい」

充希は心臓がドキドキした。毒キノコ会というのは、凜々花が使っていたローターなどのオモチャを流通させている集団のはずだ。

二人で生徒会の資料室に移動した。悠がいつになく真剣な顔をしている。

下手《へた》なことを言わないほうがいいのはわかっているが、充希は知らないふりをして悠に質問する。

「お姉さま、毒キノコ会ってなんなんですか？　正直におっしゃってください。私ももう子どもじゃないんです」

「子どもじゃないってどういうこと？」

いともたやすく悠に反撃されてしまう。

姉妹になって、まだたった一週間なのだ。互いの距離感をいまだ把握できずにいた。

しかし、勘の鋭い悠は充希の秘密を瞬時に嗅ぎ取ったようで、腰に手を当てて詰め寄ってくる。

凜々花ならこういう場面でもうまく乗りきるにちがいない。

しかし、コミュ障の充希にはそのような芸当はできない。

「どういうことかな？」

「お姉さまのお手伝いをしたいだけです」

「……それは嬉しいが」

悠は少し頬を赤くしたが、姿勢を正すと、充希の両肩をつかんだ。

「でも、僕に報告しなくちゃいけないことがあるはずだ」

「な、なんでしょうか」

「嘘つきは左右に首を振ることが多いんだ。知ってた？」

充希は一瞬、自分の秘密を暴露しようかと思った。

だが、そんなことをしたら、絶対に気持ち悪がられるはずだ。きっと姉妹関係は解消されてしまうだろう。

でも……。

「お姉さま」

ここは勇気を出して悠に相談してみよう。悠なら的確なアドバイスをしてくれるかもしれない。

「信じられないと思うのですが……」

「まずは話してみてくれないか?」

「わ、わ、私……男みたいに」

「まさか、充希は攻め? 受けだとばかり思ってた」

悠はひとりはしゃぎはじめた。

「攻め? 受け? なんのことですか!?」

「ああ……気にしないでくれ」

さすが生徒会長だ。充希が知らない言葉をたくさん知っている。

しかし、今はその説明を聞いている場合ではない。

「あの……この秘密は凜々花にしか打ち明けてなくて……」

「そうだろうね」

悠が頷《うなず》いている。ひょっとして凜々花から相談を受けているのかもしれない。凜々花は、姉妹関係を結んだ充希のことを思って行動に移した可能性もある。

「……言葉では説明しづらいんです……」

充希は資料室の扉の鍵を閉めた。

2

「すまない」

悠はいきなり謝ってきた。どうやら、充希が凜々花と付き合っていると勘違いしていたようだ。

凜々花は星菜の妹で、星菜は悠の親友だから、この関係は気まずいと思っていたらしい。

さらに、それに毒キノコ会も関与していると思っていたようだ。

「どうして、そこで毒キノコ会が出てくるんですか？」

「……それは……まだ充希が知らなくていいことだよ」

「子ども扱いしないでください」

充希は自分でも大胆だと思いつつ、悠の胸に飛び込んだ。

心臓の鼓動が高鳴った。

「鍵を閉めてますから……」

いよいよ自分の秘密を明らかにしなくてはならない。

「どうして鍵を？」

「みんなには知られてはならないことなので……」

そう言って充希は悠の手をつかんだ。

本当に自分の秘密を打ち明けていいものだろうか。ふと疑問が沸き起こる。だが、悠は信用できる人間のはずだ。

このチャンスを逃すことはできなかった。

「……お姉さま」

充希は悠の手を胸に押し当てた。

「……すごくドキドキしているね」

「ここも……」

はしたないと思いつつ、悠の手を股間に導いた。

さすがに悠は動揺した。

たちまち陰核が勃起しはじめると、その顔は驚愕へと変わった。

「こ、これは⁉」

「……これが私の秘密です」

「いったい、どういうこと⁉」

悠は恐るおそる膨らみを握ってきた。

「んあぁ、あうぅ……お姉さまぁ、ダメぇ」

「す、すまない」

悠は呆然として立ち尽くしている。

充希は勇気を出して、ありのままの自分をさらけ出すことにした。

「これが私の秘密です」

充希はスカートを捲り上げて、パンティの膨らみを露《あらわ》にした。

いつも余裕のある悠のこんな表情を見るのは初めてだった。

「とても恥ずかしいんですけど……」

「……」

悠が何かに取り憑かれたように充希の前でゆっくりと膝をついた。

「パンティを脱がしてもいい？」

「……はい」

悠は膝下までパンティをゆっくりと引き下げた。

そのとたん、クリペニスが勢いよく飛び出した。

弓のように肉槍がしなっている。先端には血管が卑猥に浮かび上がっていた。全体的にピンク色で妖しげな光沢を帯びていた。

それが悠を狙うように頭を上下に動かしている。

「これは、オチ×チンなの!?」

「あぁ……」

「男の子ってこと!?」

「違うんです……」

軽くパニックに陥《おちい》っている悠に充希はこれまでの経緯を説明した。

裏庭の掃除を手伝っていたあの日、山で古い祠《ほこら》を見つけて、掃除したこと。翌日に異変が起きたこと。それから必死で祠を探したが、見つからなかったこと……。

「にわかに信じられないけど……星菜なら何か知っているかも」

「副会長ですか?」

「あの子は理事長の曾孫《ひまご》だから、この学校の歴史に詳しいはず」

その遠縁に凜々花がいるというのだから、彼女たちは元来住む世界が違いすぎるのだ。

「私、お姉さまの妹になる自信がないんです……だけど……お姉さまの妹になりたい……」

充希は正直に今の気持ちを伝えた。

「私が君を妹にしたいと思ったんだ。その気持ちは今も変わらないよ」

「……でも……こんな身体になってしまって……」

充希は暗い顔になって項垂《うなだ》れた。

3

「僕のことを信じてくれる？」

「もちろんです」

充希が頷くと、悠はいつもの余裕のある笑顔を浮かべた。

「それなら僕が信じる充希のことも信じてみるよ」

「でも、こんな不気味なものがあるんですよ……」

「これも個性というものじゃないか……それに……気になるし」

悠はそう言って充希の股間で屹立している肉槍に目をやった。

「う、嘘!?」

「本当だよ……触れてもいいかな?」

いつもは自身に満ち溢れた生徒会長が頬を染めて熱に浮かされたようにつぶやいている。

年上なのに、その仕草が可愛らしかった。

充希の胸がときめいた。

「……はい。お好きにどうぞ」

悠がためらいつつもクリペニスに触れてきた。

最初は甘くタッチするぐらいだったが、徐々に弄《いじ》り回してくる。

「あ、あうぅん……くひぃ」

悠は勃起をお腹のほうに倒して、その下をまじまじと覗いた。

「女の子の割れ目も……ちゃんとある。クリトリスがデカくなってるってこと!?」

「あぁ……そんなにじっと見られたら、恥ずかしいです」

「そうだね……これでは不公平だよね」

悠はそう言って自分でも制服を脱ぎはじめた。

充希の唖然とした顔を見て、悠が照れ笑いを浮かべた。

「もしかして、僕を脱がしたい？」

どう答えたらいいのかわからず狼狽《うろた》えている間に、悠がさらに下着も脱いでいく。

モデルのように均整の取れた身体に見惚れて、充希は思わず溜め息をついた。

乳房は大きすぎず小さすぎずほどよいバランスで、理想的な乳房だった。Dカップはあるだろうか。それでいて乳首は清楚な小ぶりで、乳輪も主張しすぎないサイズだった。

臍も縦長でカッコいい。細腰からヒップへと続くラインも、成熟が進んでいて優美だった。肌は透き通るように白く、肌理《きめ》が細やかだった。日焼けの痕《あと》さえない。

だからこそ、股間に生える陰毛が強烈なアクセントになっていた。

充希の頼りないそれとは違い、もう大人の性毛だった。

割れ目は半分しか隠れていない秘裂から小陰唇の鮮やかなピンク色がチラチラと見えた。

「すごい！　とても綺麗です」

思わず本音が口からこぼれ出た。

「充希のかわいい身体も見せてくれないか」

「あぁ、私なんて……子どもっぽくて、それにこんなものがあって……最悪です」

「そんなことないと思うよ」

悠が巧みに充希の制服を脱がしていく。

充希はまたたく間に裸にされて、最後のブラもいつの間にか脱がされていた。

「やん、恥ずかしいです」

充希は手で胸と股間を隠したが、その手をどかされた。無理やりではなく、さりげない仕草だった。

それは天性のものかもしれない。自分とはまったく異なる種類の人間に見えた。

「なんで睨んでるの?」

「お姉さまが素敵すぎるからです」

「それはよくわからないけど、僕の妹もとっても素敵だと思うよ。いや、素敵だ」

「はぁぁ……そんなセリフを臆面もなく……」

充希は悠に全裸にされ、自分がちっぽけな存在に思えて、いっそう消え入りたい気持ちになった。

「綺麗だよ」

悠が充希をしっかりと抱きしめた。

「あわわ……お、お姉さま……」

「なんてすべすべの肌なんだろう」

充希は背中をそっと撫でられるだけで、クリペニスがとたんに反応する。

秘唇からは花蜜がとろとろと垂れはじめている。

悠が充希の顔をじっと見て、そのままキスをしてきた。充希はそっと背伸びをして、その柔らかい唇を受け止めた。

味わったことのないような幸福感に包まれた。

4

キスをしていると頭がクラクラしてきた。

身体中が熱くなってくる。もっと密着したかった。いや、一体化したかった。

肉胴はパンパンに膨張し、悠の太腿を擦り上げた。

それに気づいているはずだが、悠は充希の顔にキスの雨を降らした。

「ああ……こんなことになるなんて……夢見てるみたいです」

「可愛いよ。頬も柔らかくて食べちゃいたいくらいだ」

「あぁ……名前を……名前を呼んでください」

「充希、とっても素敵だよ」

その言葉でクリペニスが我慢できなくなったのか上下にひくひくと動いた。

「あうぅ」

「充希はおとなしいけど、これはやんちゃだ」

はちきれんばかりに勃起した陰核を悠がぎゅっと握って微笑んだ。

悠がクリペニスを自分の股間へと導いた。そして、挿入させるのではなく、肉槍を自分の太腿の魅惑の三角スポットに挟んだ。

「くひぃ……あぁ」

「これでもっと密着できるだろ？」

悠が充希のお尻をつかんでグッと引き寄せた。

挟まれた陰核が摩擦されて火花が散るような快感が身体に走った。

互いの乳房が押し潰されるほど圧迫された。

「あぁ、お姉さま」

今度は充希から悠の唇を奪った。はしたないと思いつつも、舌を差し入れた。それに応えてくれた悠の舌がゆっくりとからんできた。

舌の根が痺れるほど吸われもした。

「んん、くぅ」

そのとき、扉がガタッと鳴った。

「あれ？　鍵がかかってる？」

部屋の向こうから声がした。声の主《ぬし》は凛々花だった。

すぐに離れていく足音が聞こえた。

「いけない。こっちだ」

脱ぎ散らかした制服と下着を悠が回収すると、資料室の奥へと充希を誘った。

そこはダンボールが積み重ねられていた。下から二段目のダンボールを引くと、絶妙なバランスで崩れず、抜け道ができた。そこには一畳ほどのスペースがあった。二人はそこに隠れた。悠は再びダンボールを元に戻した。

「ここは？」

「秘密基地さ」

そう言った瞬間、充希の唇に人差し指を押し当てた。

なぜなら、扉が解錠されたからだ。

5

別館こと銀杏館は、クラリス女子学院に宣教師としてフランスからやってきた美青年の宿舎だった。それは大正《たいしょう》時代の話だという。

外国人に友好的だった当時、宣教師の習慣を尊重して土足で入ることを前提に造られたが、その若き宣教師もまた日本文化を尊び、土足厳禁にならったという。

入り口にある靴箱は当時の女学生が作ったものらしい。

だが、平和な時間は長くは続かなかった。その宣教師は夜なよな奇妙な夢を見ることになったのだ。

それは男根祭の風景だったという。男たちが腰に相撲のまわしを巻いていたと宣教師は説明したらしいが、それはおそらく褌《ふんどし》のことだろう。

宣教師は不眠のせいで、終始不機嫌になり、口数も少なくなったらしい。

しかし、なぜそんな夢を見たのだろうか。彼を慕う女生徒たちは頭を悩ませた。彼が帰国することを恐れたのだ。

「ふーん、それでどうなったの？」

凜々花が資料室で星菜に尋ねた。別館の歴史について話しているらしい。

「ありがちだけど、呪いじゃないかと言われたみたいね」

「非科学的な話だね」

「それで、その宣教師というのが私と凜々花の曾祖父だって知ってた？」

「え？　そんなこと初めて聞いたよ」

星菜の髪に金髪が紛れているのもそれが理由なのかもしれない。

凜々花は素っ頓狂な声をあげた。

「凜々花の白石家は由緒があるからね」

「そんなひいおじいさまの話が毒キノコ会とどこでつながるの？」

「彼を慕う人の中にひいおじいさまのペニスを象《かたど》った張形を作った人がいたそうよ」

「いったいどうやって？」

「実力行使ってやつ？　夜這いがまだ文化としてあった時代だったし……ようやく寝ついたところを狙って無理やり型取りをしたんじゃないかな」

星菜の説明に凜々花は唖然として目を見開いた。

「まさか!?……嘘でしょ？」

「その張形を秘密裏に販売しはじめたのが毒キノコ会ってわけ」

「もしかして、顧客名簿みたいなものはあるのかしら？」

「記録はあったはずよ」

「……」

「それが毒キノコ会の切り札になるからね」

星菜はどこかよそよそしい態度だった。確信がない話だからだろうが、凜々花はツッコんで尋ねる。

「なんで星菜が動揺するの？」

「凜々花だってさっき動揺してた」

二人は一瞬沈黙した。

「とにかく、悠には悪いけど、探しても決して見つからないんだ。見つけてもらったら困る人たちがいるってこと」

そう言うと、星菜は学生鞄の中から箱のようなものを取り出した。そしてその中身を凜々花に見せた。

「それって!?」

凜々花の驚きの声を聞いて、星菜は苦虫を嚙み潰したような顔になった。

6

充希は思わず声をあげそうになった。

ダンボールの隙間から、凜々花たちのやり取りを見ていたのだ。

慌てて悠に口を押さえられた。その悠の手も少し震えていた。

星菜が持っていたのは精巧な張形だった。

桃色の表面には緑色の静脈が浮かび上がっている。大きさも充希のものと同じくらいはあるだろうか。

充希と悠は黙って二人のやり取りを見守っていた。

「どうして、あんなものを星菜が持っているんだ？」

悠が耳元で囁いた。充希は凜々花が言っていたことを思い出した。歳の離れた許嫁のことだった。

「凜々花は処女が嫌だと言ってたじゃない」

「……まぁ、そうだけど」

「私が尻込みしたら、文句言ったくせに」

仲がよさそうに見えて、凜々花たちにもいろいろと複雑な問題があるようだ。

「そりゃ、あんなクソ野郎に凜々花のバージンをあげたくないよ」

「……」

「……ごめんなさい」

「ずっと悩んでる。夜も眠れないんだから……」

星菜はそう言うと小柄な凜々花の肩に顔を埋めた。

その頭を凜々花が優しく撫でていた。

「お姉さま……ありがとう」

凜々花は星菜にキスをしたかと思うと、すぐに舌を差し入れてディープキスになった。

意外なことに凜々花のほうが主導権を握っていて、背の高い星菜が凜々花のキスを受け入れているかっこうになっている。

充希も悠も突然目の前で繰り広げられる刺激的なシーンに当てられたように、互いにしっかり抱き合って、そっと乳房を揉み合った。それだけで再び官能の炎が燃え上がった。

悠の乳房は凜々花とは違って、吸いつくような柔らかさがあった。きっと凜々花たち姉妹もそれぞれの違いを味わっているはずだ。

「あぁ……」

声が漏れそうになると、悠がキスをしてきた。

柔らかな唇と熱い舌が入り込んできて、口の中でなじんでいく。

「しっ！　声を出しちゃダメ」

そう言って悠が股間の屹立に触れてくる。

充希はたちまち身悶えた。

「お姉さま……凜々花たちが……」

「僕に身体を預けてごらん。ここは僕たちだけの秘密基地だから」

悠が充希を抱きしめて、充希の唇を貪《むさぼ》った。

充希はうっとりしながら、隙間から外を覗いた。

いつのまにか、星菜と凜々花も全裸になっていた。星菜が凜々花を後ろから抱きしめ、凜々花の慎ましい乳房を愛でるように撫でている。

もう片方の手では、張形を乳首に押し当てていた。

「スイッチを入れるよ」

「変なことしないで……」

「私に任せて」

星菜はそう言うと張形のスイッチを入れた。

ヴィィィーンッ！

意外なほど大きい音が資料室に響いた。

スイッチを切り替えると、それが芋虫のようにくねったり、頭だけが旋回したりした。

悠は充希のクリペニスを握りしめて、張形の動きを真似をしてぐりぐりと動かした。

「ああ、無理です。無理ぃ」

充希は小声で懇願した。

「す、すまない」

「んんん」

充希も聞いたことのある凜々花の可愛い喘ぎ声が聞こえてきた。

「どうかな？　気持ちよくない？」

「く、くすぐったい……」

星菜は明らかに凜々花を気遣っていた。強気そうな見た目に反して、こんな優しさを見せるときがあるのだ。

一方、凛々花もどこか猫をかぶっている様子だった。

「くすぐったいってことは、性感帯ってことじゃないかな。指とどっちがいい？」

比較するように双つの乳房に指とバイブで刺激を与えはじめた。

凛々花の身体が仰け反っていく。

元々お腹の脂肪は薄いが、そういう姿勢になるとよけいに華奢に見えた。

「くぅ……もう馬鹿なこと言わないで」

「口にしないとわからないよ」

星菜は凛々花の首筋や背中にキスしていく。

7

きっと星菜の言葉は本音なのだろう。二人の間には壁がある感じがする。そのことで、凛々花はイラついているのだろう。

充希はようやく理解した。凛々花が自分のことをあれこれ言ってくれたのは、自分と星菜を重ね合わせて、関係をもどかしく思っていたのだ。

「オモチャで感じるのは違和感があるけど、お姉さまが、私のために用意してくれたんだから……使わないといけないよね」

「……」

星菜が覆いかぶさるようにして、凜々花の唇を吸った。

喉を鳴らしながら、凜々花が唾液を嚥下《えんげ》しているようだった。

そして、バイブをゆっくりと凜々花のお腹に這わせていく。凜々花はもどかしげに腰を左右に揺らせた。

「……充希」

「お、お姉さま」

背後から充希を抱きしめていた悠が、星菜たちの動きを真似するようにお腹に指を這わせてきた。

ただそれだけのことなのに、身体を電流が走るような快感があった。

向こうでは、凜々花が身体を硬直させて喘いでいる。

「んあぁ、あうぅ」

同じように悠の手が充希の恥丘の上に到達すると、クリペニスが悠の手に触れた。

「くぅ！」

悠は思わず手を引っ込めてしまった。

一方、星菜はバイブを凜々花の割れ目に到達させたようで、亀頭部が陰核を刺激しはじめたようだ。

「んあぁあ……あぁ、やだ。感じちゃう」

「凜々花の初めてが痛くないように、たっぷりと濡らすよ」

星菜は知らないようだ。凜々花がすでに充希と初体験を終えていることを。

凜々花の内腿はキラキラと粘液で濡れ光っている。

「……星菜、いいよ」

「本当に……こんなのでいいのかな?」

「これだから処女は……」

「凜々花だって処女じゃない」

「私は一足先に大人になるわね」

凜々花はあくまで充希とのことを隠し通すつもりらしい。

二人は顔を見合わせて、軽くキスをした。

凜々花は受け入れやすいように片方の脚を持ち上げ、星菜が手助けをするように膝裏に手を添えた。

さすがはダンス部だから身体が柔らかく、軽々と大腿が脇腹にくっついた。しかも、バランスがまったく崩れないでいる。

凜々花の陰唇がわずかに開いた。

充希は自分のことのように、大胆な凜々花のことが心配でしかたなかった。挿入したら処女でないことがバレてしまうはずだ。どうやって、ごまかすつもりなのだろう。

星菜がバイブの先端を凜々花の膣門に押し当てた。

さすがにバイブを思いきり挿入するのに戸惑っているようだが、凜々花が自《みず》ら《か》花唇を押し開いた。

星菜はそれに促されるようにバイブを突き刺していく。

「くぅ……んんッ」

凜々花がつらそうな顔をした。

声を押し殺そうとしても、つい洩れてしまうのだろう。痛みもまだあるのかもしれない。

星菜がグッとバイブを押し込んだ。みるみるバイブが凜々花の胎内に潜り込んでいく。

「ひぃ……ひぃ……ああ」

凜々花は全身から汗を噴き出しながら、星菜に身体を預けていった。

ハァ、ハァと荒い息遣いが聞こえてくる。

凜々花が星菜に甘えた声で懇願した。

「……もっと気持ちよくなりたい」

星菜はうなずくと、背後から手を回して陰核をすばやく擦った。

すでにぐっしょり濡れているので、くちゅくちゅと水音が響いた。

「あぁ、あひぃ……いいわ。くぅ」

凜々花が脚を下ろしたことで、前のめりになり、壁に両手をついた。

星菜は今度は乳房を揉んだ。

「凜々花のオッパイって可愛いね」

「くぅ……小さいだけよ」

「いや、可愛いよ。こうしたら、指の間から乳首が飛び出して」

絞り出すようにされると、尖った乳首が顔を出した。

「くぅ！」

背後に突き出されたお尻から覗いたバイブが卑猥に動いている。

それを見た星菜が動きを止めた。バイブに血がついていないからだ。

「……凜々花」

「ん？」

「血が……ついてないよ」

「え？　あっ、本当だ」

凜々花はバイブを見て笑った。

「どうして笑うの？」

「許嫁に処女を捧げるのは、まっぴらごめんだったけど、ダンスでとっくの昔に処女膜が破けてたんだなって」

充希は凜々花の役者っぷりに舌を巻いた。嘘は嘘でも、誰も傷つけない嘘だ。

「そうなんだ……じゃ、バイブを抜くね」

「何言ってるの!?　さっきみたいにバイブを動かしてよ」

「痛くないの？」

凜々花がピースサインをして答えた。

「想像していたより全然余裕」

星菜はバイブのスイッチを再び入れた。

凜々花は背中をビクッと震わせたあと、ヒップを左右に揺らしだした。

「ああ……す、すごい！」

「どんな感じなの？」

「お腹の奥が振動で痺れる感じ……ああ、いい……」

「凜々花はなんてイヤらしい顔をしているの？」

凜々花はぺろりと唇を舐めながら、天井を仰ぎ見た。

その変貌っぷりに当てられたように、星菜もバイブを前後にピストン運動させた。

「ねぇ、星菜……私をもっと、もっと、もっと、感じさせて」

「わかった。もっともっと感じさせるね」

星菜がバイブを引き抜く寸前で止めた。

「男の人が絶対にできない動きでイカせるから」

「お願い……」

スイッチを押すと、バイブの肉竿がうねりはじめた。

星菜はズブズブと再び奥まで挿入させた。

凜々花の身体がしなやかにエビ反りになっていく。

「もっと奥を突いて！」

「こう？　こうかしら！」

「あひぃ、いい。ああ、気持ちいい……」

次第にピストン運動を速めていく。そのたびに、蜜汁が飛び散り、内腿を濡らした。

白い肌が今でもすっかり桜色に火照っていた。

「あ、あうぅ……イクッ、イッちゃう！」

「いいよ。イッていいよ」

「あぁ、星菜。星菜ぁ……お姉さま、私、イクぅ！」

キスを求めた凜々花の唇に星菜は自らの唇を重ね合わせた。

絶頂に達すると同時に膣道が締めつけられたのか、星菜の動きが鈍った。

充希との初体験のときより激しい反応に、心が締めつけられる気持ちがした。

8

ようやく二人が部屋から出ていった。

その熱気に当てられたように、悠と充希はぼうっとしていた。

悠は充希の勃起したクリペニスを握りしめたままだった。

「……すごかった、ね？」

悠がかすれ声でそう言った。

「はい」

悠の吐息がやけに耳に残った。

「お願いがあるんだ、充希」

思いつめたような顔で悠が言う。

「な、なんでしょうか？」

「僕にもさっきみたいなのしてくれないか？」

「でも、オモチャなんて持ってないし」

「ここにこんな立派なものがあるじゃないか」

悠は充希の勃起をぎゅっと握りしめた。

9

すでに夕方になっていた。悠たちが生徒会室に戻ると、役員たちの姿は消えていた。

充希は悠に連れられて、高等部専用の寮に向かった。

中等部は二人一部屋だが、高等部は個室になっていた。部屋にはトイレやバスルームまで完備されていた。

しかも、十畳以上はある広々としたリビングに瀟洒《しょうしゃ》な机やラックがセンスよく配置されている。ベッドのデザインまで統一されていた。

「お姉さまっぽい部屋ですね」

「そうかな？」

「はい。白色で統一された感じがとってもいいです」

「充希が高校生になったら、この部屋を使ってくれていいよ」

「え？」

「この部屋の家具は私のお姉さまからのお下がりなんだ。そのお姉さまもその前のお姉さまのを使っているんだけど」

「代々受け継がれているんですね」

突然、悠が真剣な面持《おも》ちで言った。

「充希……僕を女にしてくれないかな？」

「え？」

「充希と一つになりたいんだ」

巨大化するクリトリスを持つ自分でも悠は受け入れてくれるのだ。充希は涙が出るほど嬉しかった。

「お姉さま……」

「どうしたの？　泣くことはないでしょ」

悠が頭を撫でてくれた。充希は思わず悠の胸に飛び込んだ。

「うぅ……うぅ……あそこが変になったことを凛々花にしか言えなくて……私……」

「すぐに気づけなくてごめん」

「んん、お姉さまは悪くないです」

「これからは私になんでも相談してね」

「……はい」

「それじゃ……」

充希はコクリと頷き、両手をあげた。

「ん？」

「お姉さま、さっきは言い出せなかったけど、服を脱がしてほしいです」

「僕の妹は甘えん坊さんだな」

悠は充希の制服を脱がすと、自分も裸になった。

自分でも呆れるほど、すぐにクリペニスが勃起した。悠がそれに触れながら、かすかに微笑んだ。

「興奮してくれているんだね。充希ってわかりやすい」

「あぁ、意地悪なこと言わないでください」

パンティも脱がされ、充希は再び全裸になった。

充希は促されて悠のベッドに横になった。

胸の前で両手を祈るように握りしめた。そんな初《うぶ》な少女なのに、股間では肉豆が勃起して聳《そび》え立っている。

「妹に大人にしてもらうのは僕の信念に反するから、せめて体裁だけでも僕のほうから攻めさせてもらうよ」

「お姉さまが言っていた攻めと受けってやつですね」

悠は充希の身体じゅうにキスした。

初めてとは思えない手慣れた仕草だった。充希は疑問を口にしそうになって何度も口を噤《つぐ》んだ。

「んッ……んんっ、んあぁ」

「……初めてだから上手《うま》くなくてごめん」

悠は自ら充希の疑念を晴らした。

「私が初めてなんですか？」

「当然じゃないか」

「お姉さまのお姉さまとそういうことは？」

「潔癖な人だったから、そういうことはなかったよ。それに僕は中等部の頃は本当に奥手だったから、お姉さまも手を出せなかったんだと思う」

肉体関係は姉妹に必須ではないようだ。

そういえば、星菜も処女だと言っていたから、そういうものなのかもしれない。

「毒キノコ会のことなんて知らなければよかったな」

悠はふとつぶやいた。親友の星菜が関わっていていることが明らかになったのだ。

生徒会長という立場上、見逃すか追及するかで心が揺れ動いているように感じられた。

「お姉さま……そんなことより……」

充希は股間の分身をに握りしめて誇示した。巨大陰核が重たげに揺れている。

「こっちのほうを見てください」

「毒キノコ会は大元の姉妹しか追及しないことにしよう」

「それがいいと思います」

凜々花もあのローターをどこで買ったのだろう。おそらく顧客名簿に名前が乗ってしまっているのだろう。

悠が下腹部にキスをしてきた。

「充希の身体の秘密を解明するのを手伝おう」

悠は肉竿に熱い接吻を繰り返し、ねっとりと舌をからめてきた。またたく間に蜜汁が膣穴から溢れ出すのがわかった。

「あ、あうぅ……」

「すごい。脈打ってる……匂いもなんだかイヤらしい……」

そう言って一気にクリペニスを丸呑みにした。

「あぁ、そんなにしたら、ダメですぅ」

悠は髪を掻き上げて、一心不乱にフェラチオに没頭した。

いつの間にか、充希は恥も外聞もなく脚を大きく開いていた。

「ちゅぷ、ぬぷ……ちゅっ、くちゅ」

「あひぃ……ダメです。気持ちよすぎる……」

「クリトリスをこんなに大きくさせるなんて、充希は本当にスケベなんだな」

「あ、あうぅ……そんな意地悪なことを言わないでください」

悠は今度は先端をれろれろと舐めながら、竿をしごいた。

同時に蜜を溢れさせている陰裂に指を這わせ、ひくつく陰唇を押し開いた。そして割れ目に唇を押し当てた。

「ひゃあぁん！　お姉さま……汚いです」

充希は両手で顔を覆った。

「そんなことないわ」

悠は熱心にねぶりはじめた。そのたびに、充希は強烈な快楽に襲われた。

10

一方で、子宮がとろ火で炙《あぶ》られるようなもどかしい快楽もあった。

「あ、あうぅ、お姉さまあぁ」

「充希のトロトロの蜜が溢れて……あぁ、甘くて美味しい」

「恥ずかしいです……あうぅ。お姉さまの舌が気持ちいい……」

先端を尖らせた舌が膣口をノックする。

そのまま、処女を奪ってほしいと思った。だが、悠がすまなそうな顔をして言った。

「はぁ、あぁ、充希……私から先に女になるね」

「はい……」

悠が硬く勃起したクリペニスをつかんで自分の股間に誘導する。

そして自分のプリッとした大陰唇を指で開いて先端を持っていった。

窄まった膣口はすでにぐっしょりと濡れていた。

「お姉さまも感じていたんですね」

「あんまり……見ないで……恥ずかしい」

悠が頬を赤くして顔をそらした。

「とてもキレイだから、見入ってしまって」

「そういうことを……他人に言ったらダメだよ」

同じようなことを誰かに言われたような気がした。

「……凜々花からも私は臆面もなく恥ずかしいことを言うと指摘されました」

「素直さは美徳じゃないか」

「……私、素直じゃないです。だから、こんな罰《ばち》があたったんです」

自分で言っていてしっくりときた。

そうだ、これは罰なのだ。

本心を隠して、相手が望む自分を演じることで、いつも周りを騙《だま》してきた。

悠が頬にそっと手をやり、自分のほうを向かせた。

「充希は僕だけを見ていてくれていたらいいから」

「……は、はい」

悠はクリペニスを膣口に押し当てたかと思うと、一気に体重を乗せていった。

あれが弓なりに反り返り、少し痛みが走った。

充希は思わず手を伸ばして、悠の乳房を揉んだ。

「あぁ……」

「お姉さまのオッパイって素敵」

悠の身体から緊張がほぐれていくのを感じた。

それまできつく閉じ合わさっていた膣口が緩んだ。その隙にクリペニスの先端が潜り込み、あとは膣口が拡がる一方だった。

「んあぁぁ！」

ひときわ喘いだ悠が身体を反り返らせた。

痛みに耐えている姿は痛々しいが、さらに体重をかけて、ズボッズボッと膣内に受け入れていく。

クリペニスが狭隘《きょうあい》な膣壺に締め上げられて、充希はこれまでにない快感を味わっていた。姉を苦しめながら感じるているのだと思うと、罪悪感に襲われた。

差し出された両手を充希はガッチリと握った。

悠も同じくらい力強く握ってきた。そのまま、悠が腰を落としていく。

「はぁ、はぁ、はぁ、はぁ」

「……お姉さま」

先ほどから悠の膣胴は波打ちながら、勃起を奥へ奥へと誘おうとしていた。

しかも、襞が多いのか、肉胴の表面をなぞるように摩擦を加えてくるのだからたまらない。

そのたびに背筋が震えるほど強烈な快楽電流が流れた。

自然と腰を押し出していた。

「くぅ！」

「あぁ、すみません……でも、止まらないの」

「大丈夫……本来はこっちの役目なんだ」

悠はそう言うと上下に動きだした。

まだ、傷が癒えていないのだろう。眉間に刻まれた皺が深くなっていく。

肉槍は血で滲んでいる。

それでも悠は腰を打ち込んだ。

彼女の身体が浮かぶ瞬間に、充希が腰を引いた。肉が擦れ合う摩擦が倍化する。

目の前に火花が散るように快楽が全身に広がった。

充希は切ない声をしきりにあげた。

そして悠が身体を落とすと同時にクリペニスを打ち込んだ。

「お姉さまぁ」

「あぁ、充希。もっと、もっと突き上げて」

充希は言われたとおりにした。肉棒が悠の中で溶けていきそうなほど心地よかった。

視界が白い光に覆われていく。

「あ、あひぃ、イキそうです。お姉さま、私、イッちゃいます」

「いいよ。充希。イッて！　私もイクゥウウウ！」

充希は覆いかぶさってきた悠を抱きしめて、再び唇を重ね合わせた。

二つの身体が融合するような感覚に包まれていった。

11

「やっと帰ってきたよ」

寮の自室に戻ると、勉強机に向かっていた凜々花が振り向いた。

「遅くなってごめん」

「いいよ。悠先輩と楽しんできたんでしょ?」

「……」

身体がじわっと火照るのがわかった。

「ほんと、充希ってすぐに顔に出るわね」

ヘアピンを外して、前髪で顔を隠そうとした。

しかし、凜々花がすぐにカチューシャを頭につけてくれた。

「これは私からのプレゼントだよ」

「え?」

鏡で見てみると、それは、以前ファンシーショップで充希が買うかどうか悩んでいたリボン型のカチューシャだった。

あのときは試着さえ恥ずかしくてできなかったが、凜々花は覚えていてくれたようだ。

「ほら、やっぱり似合っている」

「もらっていいの？」

「だけど、私のお願いも聞いてね」

凜々花がいきなり首筋にキスをしてきた。

そのとたんクリペニスがむくむくと性懲りもなく膨らみはじめる。それを見計らったように、凜々花がスカートの中に頭を潜り込ませた。

「ひゃあ！」

「スカートの中は充希の匂いでいっぱい」

「そんなに嗅がないで！」

「いい匂いだよ。私は好き……」

充希が嫌がるのもかまわず、凜々花はパンティの膨らみにキスを繰り返してきた。

そのたびに陰核が刺激されて、ドクドクと熱い血液が下半身に流れる。

「シャワー浴びてきたでしょ？」

「うぅ……」

指摘どおり悠の部屋でシャワーを借りた。

そして、悠が未使用のパンティをくれた。自分には可愛すぎるからと言って渡してくれたのは、薄いブルーのサテン生地に、フリルやリボンがついた可愛らしいデザインのものだった。

「ふーん、このパンティも悠先輩からもらったんだね」

パンティ越しに陰核を甘噛みされた。凜々花は充希と悠のことを嫉妬しているようだ。

「意外と可愛いパンティなんだね」

「あひぃ……お姉さまはシックな下着……」

口にしてから気づいた。語るに落ちるとはこのことだ。

「ふー、やっぱりね」

「あぁぁ」

「別に怒ったりしていないわ。私だってお姉さまと付き合ってるから」

まるで以前から関係があるような言い方をするが、こっそり覗き見していたので、今日が初めてだったことを知っている。

凛々花はパンティの縁を捲り上げて、クリペニスを取り出して口に咥えた。パンティの縁が根元に食い込んで痛痒かった。

凛々花はスカートの中から顔を出すと、そのまま肉槍をスカート越しにつかんだ。

「くひぃ！」

「どうかな？」

凛々花がそのまま肉棒をしごきはじめた。

スカートの裏生地に擦り上げられて、敏感な粘膜に強烈な刺激が走った。瞬く間に悠からもらったパンティが濡れそぼっていく。

「あくぅ、やっぱり怒っている……」

「怒っていないって」

「じゃ、どうしてこんなことを……」

凛々花は愛らしく顎に人差し指を当てて考えるふりをした。

「うーん。そうね……強《し》いて言えば、充希が可愛すぎるから？　イジメたくなっちゃうくらいに」

凛々花にさんざんにしごかれて、充希は膝を震わせた。蜜汁が下腿まで垂れ流れてきた。

「あぁ、ダメェ。せっかくお姉さまからもらったパンティが汚れちゃう」

充希は顔をくしゃくしゃにして、凜々花の頭を小突いた。

「もう……ごめんったら」

凜々花はいちおう謝ると、今度はジャンパースカートを脱がしてくる。

下着姿になった充希は、パンティの隙間から飛び出している肉棒に目を奪われた。根元をゴム縁で締めつけられ、真っ赤に充血していた。

凜々花がパンティの両サイドをつかんで、ゆっくりと引き下ろしはじめた。クリペニスがからんで上手《うま》く抜けないが、その摩擦感で充希はさらに感じてしまう。

「うぅ、パンティがびっしょり」

クロッチの部分にドロっとした粘液が溜まっていて、お漏らしをしたかのようになっている。

「ごめん。悠先輩に嫉妬したの」

凜々花が素直に謝った。そして、タンスの中から何かを取り出してきた。

「なに？」

「これ着て」

充希は受け取って広げると、それは黒い長袖レオタードだった。

凜々花の顔をじっと見た。

「私の練習着よ。充希は汚していいわよ……私はこれくらいしかできないから」

「なにそれ？　意味がわからないよ」

「好きな子だったら汚れも気にならないから」

凜々花の婉曲的な告白を聞いて、心臓がドキドキする。

二人は黙ったままでいた。

充希はおもむろに小さいレオタードを着用した。

自分のサイズよりも二回りは小さいので、身体にレオタードの生地が密着する。乳首が浮かび上がっているし、股間の膨らみも顕著になっている。

「ゾクゾクするくらい……エロいね」

凜々花はそう言うと再び膝をついて、充希の股間の勃起をレオタード越しに口でついばみ、舌先でチロチロと舐めた。そのもどかしさにヒップが左右に揺れてしまう。

さらにレオタードがお尻に食い込んでいき、桃尻がプリンと後ろに飛び出てしまう。

「充希、横になって」

言われたとおり横になると、凜々花が裸になった。

よく見ると小陰唇が充血したままのように見えた。しかし、すぐに充希の上に身体を重ねてきた。

乳房同士が重なり、割れ目が貝合せのように密着する。巨大なクリペニスだけが充希の恥丘を押し返している。

「この前は充希が男役だったけど、今日は私がやるから」

凜々花は肌を密着させたまま身体を動かしだした。乳房が擦れ合い、陰裂同士が摩擦し、肉槍が押しつぶされる。

目の前が霞《かす》むほど狂おしい快楽に、充希の頭はクラクラする。

しかし、凜々花の狙いはあくまで充希の恥裂のようだった。

充希の片足を担ぐと、花びら同士を擦り合わせた。その合間にある薄いポリエステルの生地がもどかしかった。だが、互いの蜜で滑りが増していく。

「凜々花……お願い、あれをしごいて……切ないの」

「いいわ。でも、今日は私が攻めるんだから」

レオタードの縁から肉槍を引っ張り出すと、充希はうつ伏せに転がされた。そしてTバッグのように食い込んだ尻肉を揉みほぐされた。さらに食い込みが激しくなる。

皺が寄った生地に擦られたアヌスが疼いてしまう。

12

次に凜々花が充希の両脚を大きく開いてきた。充希は凜々花に言われるがままにしている。

そして凜々花がレオタードの股の部分から二十センチ近い肉槍を引っ張り出した。

「んんん！」

「すごい……卑猥」

凜々花は一言つぶやくと、生唾を飲み込む音が聞こえてきた。

いつの間にか卵形のとびっ子と呼ばれるピンクローターを手にしている。それを充希のレオタード越しにアヌスのあたりに当てた。

しかも、凜々花も腰を押し当てて充希のクリペニスを刺激した。

ローターの激しい振動が始まった。

凜々花も宣言どおり男の子のように前後に腰を動かしはじめた。

「あひぃ、あぁぁ……気持ちいい……」

「まだまだ、こんなもんじゃないよ」

凜々花がお尻を左右にくねらせると、充希のクリペニスがよじれた。ローターは凜々花の陰核を刺激しているようで、悩ましい声をあげながらリズミカルに腰を前後に動かした。

「ああくぅ、んあぁぁ……ひぃひぃ、頭がおかしくなっちゃう」

「私もクリにローターが当たってて、すごく気持ちいい！」

実際、凜々花の膣から溢れた蜜汁が肉胴にからみつき、肉竿をねっとりと濡らしていた。滑りが増していき、充希はクリペニスを擦られるたびに、股間が前後に動いて感じてしまう。

次に凜々花は充希の身体を回転させて俯せにした。

「上半身を倒せる？」

「力が入らない」

「もっと気持ちよくさせてあげるから」

充希は両手を床につけて、上半身を倒した。凜々花の言うとおりだった。角度がついたことで、さらに肉槍が押さえつけられて痛いほど心地よかった。

しかも、凜々花が背後からレオタードを肩から脱がし、剥き出しになった乳房を揉みしだきはじめた。

「あ、あぁ、あぁあん、私、凛々花に攻められてる」

「どう？　いいでしょ？」

「いい、いいよ。あひぃ、イッちゃいそう」

「イカしてくださいじゃないの？」

お尻で円を描くように陰核を踏みにじられると、理性など吹き飛んでしまう。

「あぁん、んあぁ、イカせて、凛々花、イカせてぇ」

「いいわ。飛んじゃいなさい」

充希は身体がバラバラになってしまうような強烈な快楽を感じた。

プシュッと膣口から夥《おびただ》しい蜜汁が噴き出し、レオタードに押し当たり、股間にじわっと温かい粘液が広がるのがわかった。

「あひぃ、またイク。イッちゃう。イッちゃうううううううう！」

充希は連続アクメで気絶しそうになった。

第五章　衆人環視の絶頂ダンス

1

「見つからないね」

「確かにこのあたりにあったんですよ」

充希は悠を連れて、学校の裏山に登ったが、いくら探してもあの祠《ほこら》を発見することはできなかった。

「充希、このことは私に任せてくれないかな？」

悠は真剣な面《おも》持ちで切り出した。

「それはかまわないですけど……」

「以前、大婆様から裏山には行くなと言われていたんだ」

充希の背中を嫌な汗が伝った。

「それなのに、いっしょに来てくれたんですか？　お姉さまも私のような呪いがかかってしまいますよ」

「充希と同じ呪いなら、かかってもかまわないよ」

何かを決意したかのような口調だった。充希はたまらず悠に抱きついた。

「お姉さま……」

「どうしたんだい？」

「少しこのままでいさせてください……」

「……好きなだけそうしたらいい」

悠が充希の頭を撫でた。

充希は目に涙を浮かべた。そのとたん、次から次へと涙が溢れた。そのとき、ようやく自分が今まで不安で不安でたまらなかったことに気づいた。

2

充希は幸せな気持ちのまま寮へと辿《たど》り着いた。

だが、その気持はすぐに踏みにじられることになる。

寮の下駄箱に差出人不明の手紙が入っていたのだ。

『生徒会長の妹にお前は似合わない。辞退しろ。さもなくば災いが降り注ぐだろう』

おどろおどろしい朱色の文字で書かれていた。

「あ、帰ってきたの？」

そのとき、凛々花が声をかけてきた。

充希は思わず手紙を隠した。しかし、目ざとい凛々花がそれを見逃すわけもなかった。

「その背中に隠したものを見せて」

「いや！」

「いいから、見せて！」

小柄なくせに力が強く、凛々花は充希から強引に手紙を奪い取った。

そして、次の瞬間、手紙を破りだした。

「こんなことを気にしたらダメだよ！　もしかして泣いてる？」

「ち、違う！　これは……」

さっき悠の胸で泣いたことは言えなかった。凛々花は勘違いしてさらに怒りを燃やした。

「嫉妬する人なんか放っておけばいいの。時間の無駄だから」

「どうして、凜々花がそんなに怒るの？」

「……」

いつも勝ち気な凜々花が頰を赤く染めた。

そのとき、充希は凜々花が自分のことを重ね合わせていることに気づいた。新入生でいきなり副会長の妹になった凜々花への風当たりが強かったことがあったのだろう。

「充希は気づいていないと思うけど、けっこう救われてたんだよ」

「え？」

「充希は詮索しないからね。でも、たまには詮索もしてほしかったけど」

凜々花はニヤッと笑った。いつになくぎこちない照れ笑いだった。

「凜々花って可愛いね」

「はあぁ!?」

「あッ」

充希は慌てて口を噤《つぐ》んだ。

「もうやめてよ。それって本音？　そんなこと言われて、どんな顔をしたらいいかわからないじゃない」

凛々花がさらに頬を赤く染めてそっぽを向いた。

充希は相手に聞こえるか聞こえないかくらいの小声でつぶやいた。

「……ありがとう」

3

すっかり冬の寒さが増してきた十一月下旬。

充希たちは郊外にある悠の別荘に来ていた。

白亜の洋館には暖炉もあって、二階のバルコニーはパーティができるくらいの広さだった。

何より目を引くのは目の前に広がる海だった。

「悠先輩、今回は私のわがままを聞いてくださって、ありがとうございました」

凛々花が深々と頭を下げた。

「本当に助かったよ」

星菜も凛々花に続いて軽く頭を下げた。

「うちでよければいつでも貸すよ」

そのとき、悠は星菜に耳打ちした。

「妹にいいところを見せられるからね」

耳のいい充希にはその言葉が聞こえて、少し恥じらった。

だから、悠は数日前からソワソワしていたのだろう。

だが、別荘に来たのは何も遊びにきたわけではなかった。

ダンス部の部員たちが都大会の壮行会と称して行ったカラオケ大会で集団食中毒が発生し、凜々花とチームを組むメンバーがダウンするというハプニングがあった。たまたまその日、凜々花は外せない用事があり欠席したことで難を逃れた。

しかし、凜々花は大会をあきらめることができなかった。ダンスは凜々花がメインで、あとの二人は凜々花を演出する役回りだ。

それで、いつもの仲よしメンバーに白羽の矢が立った。スポーツ万能でリズム感もある星菜。ダンスには不慣れだが、とにかく目立つ存在の悠。凜々花はこの二人に頼み込んだ。最初は難色を示したものの、凜々花の熱意に打たれたという感じである。

充希は恥ずかしながら凜々花がここまでダンスに真剣だとは知らなかった。

今回の合宿は短期間で振り付けを覚えるのとみんなの気持ちを合わせるという意図

があった。

元来引っ込み思案の充希は人前で踊るなんて恥ずかしいことはできなかったので、マネージャーに回ることになった。

そもそも股間の異常事態を抱《かか》えている身では、よけいに目立つことはできない。

しかも衣装がレオタードと来ている。

それにしても、これほど立派な別荘とは夢にも思わなかった。学園にはお金持ちが多いが、その中でも悠はトップクラスではないだろうか。

「そろそろ練習しようか」

悠が別荘に着いたばかりだというのに、すぐにみんなに号令をかけた。

4

リビングは広々としていて、軽く三十畳近くはあるだろうか。

そこでダンスの練習をすることにした。

気分を出すために、三人とも本番の衣装に近いレオタードに着替えた。

もちろん、ダンス部の凜々花はキマっていた。それは充希がこの前しこたま汚してしまったレオタードだ。

凛々花が充希に意味深な視線を送ってくるだけでドギマギしてしまう。視線をそらして星菜のほうを見た。

スポーツ万能でいろいろな部の助っ人をしている星菜も、天性のリズム感で飲み込みが早く長い手足を見事に操って振り付けをどんどん覚えていった。

そして、悠は……。

悪い意味で目立っていた。

リズムに合っていないだけでなく、関節が硬いのかナチュラルにロボットダンスになっている。

本人は大真面目なので、正直、見るのがいたたまれない。これでは、凛々花の足を引っ張ってしまう。

「みんな、す、すまない」

悠は自覚はあるようで、みんなに謝罪することしきりだった。

凛々花は無理難題をふっかけたのは自分なので、悠には寛容だった。

それでも、回を重ねると、さすがの悠も振り付けを覚え、少しずつだが着実に様になっていった。

充希は悠にタオルとスポーツドリンクを差し出した。

「どうだった？」

悠が満面の笑みで訊《き》いてきた。

「……初めてにしては上手《じょうず》でした」

「ふふん」

悠がどうだと言わんばかりに鼻息を荒くしている。

すると、星菜が少し冷たい視線を送ってきた。

「妹なら、姉の至らぬ点はちゃんと伝えないと。勘違いして恥をかくのは、悠本人だよ？」

「……す、すみません」

「どうして、充希が謝るんだ？」

悠が星菜をきっと睨んだ。

「やっぱり僕のダンスは下手《へた》だったのか」

「誰でも最初は下手ですよ」

励ましているのか貶《おとし》めているのかわからないと自分でも思いながら、充希は必死でフォローした。

しかし、生まれながらのポジティブ思考の悠はすっくと立ち上がった。

「もう一度やってみよう！」

星菜だけがやれやれという顔で悠のダンスを見守っていた。

5

「情けないところを見せてしまった」

悠は人前では明るかったのに、充希の前では落ち込んでいた。

ダンスの練習をひとしきりしたあと、ケータリングで夕食を済ませ、そのあとは休憩となった。

客室は人数分あったが、充希も凜々花も姉と相部屋がいいと主張した。

姉二人は満足そうな顔をして、それに賛同した。

「いえ、一所懸命な姿がかっこよかったです」

それは本音だった。

悠はめげることなく、ずっと全力投球だった。自分なら萎縮して向上心を保ちつづけることなどできないだろう。

「充希は優しいな」

また頭を撫でてくれた。

「我ら姉妹のモットーは、常に『背筋を伸ばして』堂々とだよ」

「歴代のお姉様方もみんなそうだったんですか？」

「そうだね。見た目もそうだが、気持ちもまっすぐだった」

そのとき、扉がノックされた。

風呂上がりと思われる凛々花と星菜が顔を覗かせた。

「先にお湯をいただいたよ」

「二人で入ったの？」

充希が尋ねると、凛々花は悪びれることなく頷《うなず》いた。

「お二人もどうぞ」

「それじゃあ、僕たちも入るとするか」

充希はこれから起きることを想像して頬を赤く染めた。

6

天然温泉を引いているという浴室も広くて立派だった。

充希は悠と浴槽につかり、足湯をしていた。

さっきはしっかり肩までつかったので小休憩という感じだった。

窓の外には海が広がっているはずだが、遠くに船の灯《あか》りが見える程度で、ほとんど暗闇だった。

「少し怖いですね」

「そうだね。僕も海が苦手だった」

悠は意外なほどあっさりと自分の弱さを認めた。

「お姉さまにも苦手なものや嫌いなものがあるんですね」

「そりゃあるよ」

「後学のために教えてください」

「うーん、そうだな。今一番怖いのは、妹の信頼を失うことかな」

平然と男前なセリフを口にする。

それが冗談っぽくないから、赤面するしかない。

悠はそっと充希の手に触れてきた。そしてそのまま乳房へと指を這わせた。

「ひゃん」

「充希のオッパイは可愛いな。僕だけのものにしたいよ」

「お姉さまったら……」

充希は自分でも驚くほど大胆に悠にキスをした。

それには悠も一瞬驚いたようだが、すぐに自分から舌を差し出してきた。

互いの身体をぎゅっと抱きしめた。とたんに二人の乳房が押しつぶされた。

「充希……」

「お姉さま……あぁん」

充希はやがて悠の陰唇に手をやって、軽く上下に擦った。悠のほうは充希のクリペニスを一瞬握りしめたあと、擦り上げげた。

「くぅ」

「お姉さま……そこはダメぇ……感じちゃう」

二人の喘ぐ声が浴室にこだました。

「もっと感じてほしい」

悠は充希の股間でいきり立っている肉棒を一心不乱にしごいている。

思わず充希はぼうっとなって身を任せそうになる。

しかし、悠に手をつかまれた。

「僕も興奮しているんだ。どうかな？」

悠は自分の秘唇に充希の指を誘導した。そこに指を挿入するのは初めてだった。

ぬるっとした肉洞に指が簡単に侵入していく。膣はひとつの生き物のようにうねり、全体で指を締めつけた。

「温かい……」

「くぅ、あぁ……もうちょっと速く動かしてみて」

「こうですか？」

充希はピストン運動を速め、さらに指を二本にして、指の腹で膣襞を摩擦した。

「あぁ、あひぃ、あくくん」

悠の膣が充希の指をクチュクチュと卑猥に甘噛みしてくる。そして、その収縮がいっそう強くなっていく。

「お姉さまのここすごいです。指を食べてるみたい」

「ああ、もうダメだ」

悠は逃げるように腰を引いた。物欲しげに膣口が鯉の口のように開閉している。

立ち上がった悠は浴槽の縁に両手をついて、お尻を充希のほうに突き出した。

「充希のが……欲しいの。あぁ、入れて」

艶めかしい声で悠がおねだりした。いつの間にか女言葉になっている。

花唇はぬめり、鮮やかに輝いていた。硬直したクリペニスが卑しく跳ねた。

充希は自分が男を求められているのではないかと思って、複雑な気持ちになった。

「はやくぅ」

悠はまだかまだかと待ちわびて、後ろを振り返った。

充希は悠の細い腰をつかんで、クリペニスを陰裂に押し当てた。

前回苦労したのが嘘のように、先端が膣唇にみるみる呑み込まれていった。

「くぅ、き、気持ちいい……ああん」

悠が可愛らしい声を洩らし、身悶えした。

「熱い！」

膣内は動くだけで皮膚が痺れるような感覚になるのに、それにはおかまいなしに収縮を繰り返し、敏感なクリペニスを締め上げてくる。

「あ、あくぅ。そんなに締めつけないでぇ」

「あぁああぁ、勝手にあそこが動いてしまうんだ」

二人は意思に反して、腰を大きく前後に動かしていた。

「あ、あぁ、奥に当たってるの」

悠は腰砕けになって、踏ん張ることができないようだ。そのせいで、挿入の角度が変わり、刺激がさらに増してくる。

肉がぶつかり合う音が卑猥に鳴り響いた。

「はぁ、はぁ、はぁ、くぅ。充希のすごい」

「お姉さまのオマ×コも最高ですぅ。あくぅ」

充希は悠の乳房を揉みながら、上半身を起き上がらせた。

「あ、あくぅ、いい」

悠の力がまったく入っていないのがわかった
壁に手をつかせ、充希は背後からゆっくりと上下に突き上げた。

「お姉さま、もうダメ……だから、あくぅ」

「くぅ、あ、あうぅ、私もだよ。あ、あぁ、もっともっと突いて」

自然とストロークが長くなり激しさが増した。

充希の腰は別の意志が働いているかのように激しく動いている。

「いい！　感じちゃいます」

「私もだよ。充希のあれが、あぁ、奥を突くたびに、あひぃ」

「どこが気持ちいいんですか？」

「恥ずかしいこと言わせないで」

充希は腰を強烈に繰り出した。

「オマ×コよ。あぁあ、オマ×コが気持ちいいのおおお」

「生徒会長のくせに、そんな卑猥なことを言っていいんですか？」

「そんな意地悪を言わないで」

悠はヒップをくねらせて悶えた。

充希は学園のマドンナを独占できる優越感に浸りながら、硬く勃起したクリペニスを激しくねじ込んだ。

「もうダメぇ、オマ×コが、オマ×コがぁぁぁ！」

充希は腰をつかんで、一気にラストスパートをかけていく。

「私もイキそうです」

「わ、私も……イク、イク、あああああ、イクぅ！」

互いに叫ぶと魂が震えるほどの絶頂に達した。

充希の股間は立ちションをするかのようにプシャ――ッと激しい潮を噴いた。

7

入浴が終わって寝室に戻ると、悠はそのままベッドに向かった。

「おいで」

「はい」

充希は悠と同じベッドに潜り込んだ。

「男役を充希ばかりにさせてごめん」

「少しでもお役に立てるなら、私は嬉しいです」

「どうして、僕にはこれがないんだろう」

悠は充希の股間に触れてつぶやいた。

平静を装っていたが、勃起がバレていたようだ。

「どうしてわかったんですか？」

「僕が興奮しているんだから、充希も興奮していると思ってね」

悠は充希の唇にキスをした。そして首筋へと唇を這わせた。

さっき着たばかりのパジャマのボタンを外され、胸元から乳房へとキスの嵐を降らせた。そして乳首に達すると、特に念入りに愛撫された。

やがてズボンもパンティも脱がされて全裸にされた。

悠は太腿からキスをしてゆっくりと上に這ってきた。いよいよ股間だと期待したが、悠はクリペニスにはキスをしなかった。

「……お姉さま」

「充希を女の子として愛したいんだ」

そう言うと、肉棒の下でいつも隠れている卑裂に舌を這わせてきた。

舐めながら花びらを左右に押し開かれた。そして膣口を舌先でねっとり舐め上げられた。

「処女膜には気をつけるから指を入れていいかな?」

「わかりました」

「じゃ、いくよ」

悠は指を膣口にゆっくりと挿入した。それだけでチリチリとした痛みがあった。

(凜々花も……お姉さまもこんなに痛いのに、太い私のものを受け入れてくれたんだ)

そう思うと、悠を抱きしめずにいられなかった。

悠の指が入り口から少し入ったあたりで折り曲がる。決してそれ以上奥に挿入しないようにしてくれているのがわかる。

「ひと思いに……もっと深く入れてくれても……」

「ダメだよ。初めては大切なんだから」

「私、お姉さまにだったら……」

拗《す》ねた充希の頭を悠が撫でた。以前、星菜が凛々花の頭を撫でていたのを思い出した。あのときの感情が嫉妬だと今ならわかる。

「私が最高の処女喪失だったから、充希にも同じような体験をしてもらいたいんだ」

「お姉さま。私……イッちゃう」

「いいよ。僕の胸の中でイッて」

「はひぃ……イクっ」

つぶやくように喘いだ。ただのキスと優しいタッチだけだったが、充希の身体は小刻みに痙攣しながら、何度も絶頂に達した。

クリペニスによる快感よりも優しいオーガズムだった。

まるで春の日差しの中で、湖に浮かぶ小舟に揺られるような心地よさがあった。

「可愛いよ」

おでこにキスされた。

充希は女性同士の快楽とは本来こういうものなのかもしれないと思った。では、自分が今まで知っていた快感は、ひょっとしたらそれとはまったく別物だったのかもしれない。そう考えると不安になった。

だが、今は考えないようにして悠に身を委ねた。

8

ダンスの大会当日——。

土日とあって、たくさんの人が集まっていた。

オリンピックの会場にもなった真新しい体育館は、空調システムも完璧で外の寒さとは無縁の世界だった。

都内から多くの学校が出場するため、生徒たちの熱気はすごかった。

凛々花たち三人はスモールクラスでエントリーした。

悠も熱心な練習の甲斐あって、かなり上達して、なんとか見られるところまで上達していた。

あの合宿でみんなの仲も深まったし、阿吽《あうん》の呼吸で連携できるようにもなった。

「あと、三十分だからステージ裏に集合よ」

凛々花が悠と星菜に号令をかけた。

そのとき、急いだ悠が向こうから来た女子と出会い頭《がしら》にぶつかった。一瞬のことだった。

悠は起き上がろうとして、「うっ」と言って足首に手をやり、眉間に皺を寄せた。

見れば、足首が赤く腫れているようだった。

「すぐに医務室に行ったほうがいいです」

充希はすぐに悠の肩を持った。悠は服が湿るほど脂汗を掻いていた。凛々花が複雑な表情をしていた。

その凛々花の隣で、星菜が悠と謝罪もせずにその場から立ち去る女子を見つめていた。

「悠、大丈夫?」

「ごめん、みんなの足を引っ張ることになってしまった」

悠は星菜の肩につかまって立ち上がると、充希に微笑みかけた。

額に大粒の汗が浮かんでいた。

「充希……お願いがあるんだ」

「なんですか？　なんでも言ってください」

「……僕の代わりに出てほしい」

充希は一瞬躊躇《ちゅうちょ》した。大きな会場を見て、自分が出場しなくてよかったと密かに胸を撫で下ろしていたのだ。

しかし……。

「わかりました」

充希は即答した。

大切な悠の頼みを断れるはずもなかった。

三人のサポートをするうちに、振り付けも覚えていたし、実は密かに練習もしていたのだ。

「ありがとう」

「お姉さまの代わりを私が務めます。凜々花、いいよね？」

充希は凜々花を見た。

彼女はこくんと頷《うなず》いた。

悠は星菜とともに医務室に向かった。

9

控室で出番を待っていると、充希の緊張が高まってきた。

いつの間にか星菜が隣にいた。

「これでも飲んで」

星菜がボトルを手渡してきた。

「ありがとうございます」

充希は中身は何か確かめずに一気に飲んだ。けっこう強めの炭酸水だった。

なんだか少し苦味がある。

「炭酸ガスは副交感神経に働くから、緊張感をほぐしてくれるんだ」

「へえ、そうなんですね。ふだんこういうのはあまり飲まないけど、刺激があって美味しいですね」

それを見ていた凛々花が割って入ってきた。

「私にも一口ちょうだい」

凛々花は返事を待たずに充希が持っていたボトルを奪い取ろうとした。

「ダメだよ」

星菜が凜々花の手をつかんで引き寄せた。

「私の前で他の女の子と間接キスなんて許せない」

「ちょっと顔がマジで怖いんですけど」

凜々花が苦笑いした。

星菜はちょっと本気で気分を害したようだ。凜々花は星菜の手を振りほどくと、立ち上がった。

「もうすぐ出番だから、リラックスさせようとしただけ。空気が読めないお姉さまだこと」

10

クラリス女子学院の衣装は、黒いレオタードにフリルのついたスカートを着けていた。

背後にいくほど長くなっているので、まるで金魚の尾びれのようにも見えた。

みんなメイクを施している。凜々花は元々色白なので、妖精のようだった。

充希も鏡で自分の顔を見て驚いた。

「これが私ですか？」

「似合ってるよ」

メイクを手伝ってくれた悠がしきりに頷いている。

悠の足にはテーピングが巻かれていて痛々しい。だが、そのことには触れずに、充希はあえて元気よく振る舞った。

この舞台は凜々花が目標としていたものだし、なにより悠の代役として務めを果たさないとならない。

「自分が自分じゃないようです」

「充希は化粧映えするんだね」

いざ、本番。すぐに自分たちの番が来た。

「よし、自分たちの力を出しきれるよう頑張ろう！」

凜々花がいつになく緊張した面《おも》持ちで気合いを入れた。自分に対する言葉かもしれない。

最初は単調な踊りから、次第に激しいものへと変化していく。

充希は観客の視線に緊張するどころか、身体が火照って興奮さえ覚えた。

振り付けは悠といっしょに練習したので覚えている。だが、そこにいかに感情を乗せるかが肝《きも》だった。

今はオーラのようなものが身体から溢れていた。

ダンスも熱を帯びてきている。でも、なんだかおかしい。

(私、感じちゃってる？　あぁ、みんなの視線が身体にからみついてくる)

そう思ったとたん、レオタードの中であれがムクムクと勃起し、秘部も濡れてきた。

幸い黒いレオタードだから目立たないと思って、下を見ると、ライトのせいで陰影ができて、股間の凹凸が丸わかりだった。

凜々花と星菜は息がぴったりで、なんなくステップやフォーメーションをこなしている。

充希が少しでもずれると目立ってしまう。

懸命にみんなとシンクロするようにした。

(でも、クリが擦れて……感じるぅ)

下腹部の変化がより強くなっていく。

意識しないようにしても、膣口がヒクつき、粘液が溢れ出るのがわかった。

すでに内腿まで濡れているような気がする。脚が擦れ合うと水音が聞こえそうだった。

「くぅ」

つい振り付けのことを忘れそうになる。

(あぁ、なんでだろ。感じちゃうどころかイキそう)

急速に高まる劣情に充希はその場から逃げ出したかった。

しかし、大事な場面でひとり抜けるわけにはいかない。

(バレちゃう。クリトリスが大きくなっているのがバレちゃう)

客席がざわつきはじめたように思えた。

だが、なぜか興奮が高まっていく。クリペニスが盛り上がり、レオタードを押し上げている。

そのとき、目の前が真っ白になるほどの強烈な快感が全身を走り抜けた。

(だめえ! イッちゃう。本当にイッちゃう!)

ステージの上で軽く絶頂に達してしまった。

膣口からドロっと蜜汁が溢れるのがわかった。

トロリとした粘液が内腿に垂れていく。その部分がキラキラと反射していた。

会場がさらにざわついた。

「あ――あうぅ」

自分はどんな破廉恥な顔をして踊っているのだろうか。

化粧をしていてもきっと恍惚の表情を浮かべていて、奇異な目で見られているはずだ。さっきまで逃げることばかり考えていたのに、今はもっと注目してほしいという気持ちになっていた。

ダイナミックな動きの悠と同じように、手足の先まで意識して伸ばした。

快感が全身に行き渡ったからか、活力が不思議と湧いてきた。

クリペニスは暴走するように躍動している。

リズムに合わせて跳ねるが、腰に巻いたフリルのスカートがかろうじて股間を隠しているようだ。

(あぁ、あひぃ、またイクゥ!!)

ジュワァ！

膝をついたタイミングで大量の蜜汁が溢れた。

股間から糸を引きながら垂れている。床を見ると、小さな水たまりができていた。

それでも充希は立ち上がった。

一種のトランス状態になって一心不乱に踊っていた。観客の視線を感じるが、それが不快ではなかった。むしろ、観客たちは自分に力を与えてくれるような存在だった。いつの間にか、観客と一体化して、これまでに味わったことのない高揚感に包まれ、またも軽い絶頂に達した。

何度目の絶頂だろう。頭がクラクラして、息も絶えだえになっている。思わず前かがみになって脚が引きつり、転びそうになる。

「充希、そのままでいて。フォローするから」

凜々花は充希にそっと囁《ささや》くと、星菜と二人でラストのパートを踊りつづけた。

最後は糸が切れたように凜々花が倒れ、意図を察した星菜もそれにならった。アドリブだった。

会場から盛大な拍手が沸き起こった。

第六章　桃尻と幼尻と美尻

1

大会の結果は、特別賞だった。

その授賞式には星菜だけが出席した。凜々花と悠はぐったりした充希を会場から連れ出し、どうにか高等部の寮まで戻った。

「ぁあぁ……お姉さま、凜々花……お願いだから」

うなされたようにおねだりする充希は部屋に入るやいなや、自分で服を脱いでしまった。

身体が火照って、赤みがかっている。化粧を落とした顔もバラ色に染まり、見るからに好色そうだった。

「熱い。身体が熱いの……あそこも熱い」

巨大陰核がパンティからはみ出し、物欲しそうにひくついている。凜々花と悠は息を呑んで、じっと見守っている。

「あぁ、あ……ズキズキするの」

充希は人目もはばからず、ベッドに横たわるとクリペニスを擦った。そして、邪魔だと言わんばかりにパンティを剝ぎ取った。

露《あらわ》になった膣からは夥《おびただ》しい量の蜜汁が溢れ出し、たちまちベッドを濡らした。

凜々花と悠は顔を見合わせたかと思うと、おもむろに服を脱ぎ、充希の横にそれぞれ添い寝した。

充希が驚くと同時に二人が顔を近づけてきた。

「妹が苦しんでいるのに、なにもしないなら、それは姉失格だ」

悠はいつもの優しい眼差しで微笑んだ。

「親友が苦しんでいるのに、黙って見ているわけないでしょ」

凜々花が充希の頭を軽く小突いた。

二人は充希の頰にキスをした。さらにそのまま充希の中心で自己主張している肉槍をつかんでしごきだした。

「んあぁ……あひぃ」

充希は待ってましたとばかりに大声で喘いだ。

二人は乳首を吸ったり、舌で転がしたりを繰り返した。まるで二人は姉妹のように阿吽《あうん》の呼吸で攻めてくる。

「ああぁ……凛々花はズルい……」

「何がズルいのよ？」

凛々花が心外だと言わんばかりに乳首を甘噛みしてきた。

「だって、あ、あひい、私よりお姉さまと息が合っているんだもん」

充希の言葉に、二人は顔を見合わせて笑った。

「僕は凛々花くんのことをライバルだと思っているよ」

「私も親友を先輩に盗られたと思ってます」

悠と凛々花は妙に張り合っている。

「そもそもは君が僕に紹介してくれたんじゃないか？」

「まさか、そこまでの関係になるとは思わなかったんです」

二人はそう言ってまたも笑っている。

充希はひとり取り残された気分になる。

だが、身体がどんどん熱くなって、よけいなことが考えられなくなってきた。

「はひぅ」

今度は悠がクリペニスの先端を口に含み、凜々花が陰裂を舐めしゃぶっている。

舌が肉胴にからみつき、膣口を舌先がくすぐった。

「ひぃ、ひぃぃぃ、ダメェ。おかしくなっちゃう！」

充希は爪先をぴんと伸ばして引き攣《つ》りそうになる。

「僕と凜々花とどっちが気持ちいい？」

悠がクリペニスの先端を舌でれろれろ舐め回しながら意地悪なことを言う。

「あぁ、そんなのわからないです。どっちもいい。あぁ、イクッ、イクッ、イッちゃうよぉ……」

充希は身体を切なげに震わせた。

「どっちがいいのよ？」

凜々花が肉槍の根元をぺろりと舌で舐めた。悠は手を変え品を変えて先端をチロチロとなぶった。

あと少しで絶頂に達しそうなのに、二人は焦らしてくる。

「あぁ、意地悪しないでぇぇ」

「さっきの質問に答えてくれないと」

腰を浮かせて少しでも刺激を貪《むさぼ》ろうとするが、凜々花がそれを抑えるので、もどかしさが募るばかりだ。

今度は、凜々花がクリペニスの裏筋を舌先が触れるか触れないかという微妙な感じで舐めてくる。

思うがままに勃起した肉槍を解放したいのに、今度は悠が先端を口に含んで舌先を回転させた。

言葉を交わさずとも見事な連携プレイだ。

充希は子どものように駄々をこねた。

「あぁぁ、やっぱり、ずるいずるい。お姉さまの妹は私なのに……二人で私を虐めてくる」

「なぜ泣くのよ！」

凜々花がきつい口調で突っ込んだ。

「だって、イキたいのに、二人ともイカせてくれないんだもん」

「ああ、ごめんよ。凜々花くんに勝ちたかったんだ」

悠は素直に謝った。

しかし、充希は納得できないでいた。

「二人とも大っ嫌い！」

悠は肩を落としたが、凜々花は慣れたものだった。

「悠先輩、本気にしたらダメですよ。充希はこうやってよく駄々をこねるんですから、大嫌いってことは大好きってこと」

同室の凜々花のほうが、充希の扱い方に関しては慣れていた。

凜々花は充希の顔を見ながらねっとりと舐めていく。

「あひぃ、あぁぁ！」

「素直にならないと本当にやめちゃうよ？」

「あ、あぁ、くぅ」

充希は顔を左右に振り乱した。

「充希、泣いている君の顔もゾクゾクするね」

悠も口に先端を咥え込んで、舌を激しく震わせた。

「あ、あああ……お姉さま、ひどいこと言わないで……あひぃ」

そのとき、充希の身体に快楽電流が走った。

ヒップが小刻みに痙攣する。

「イクッ、イッちゃう。イッちゃうぅぅ!!」

充希は眉間に皺を寄せて絶叫した。

クリペニスが悠の口から飛び出すように暴れた。その動きは異様の一言だった。

2

「なに？　これ！」

鞭がしなるように肉棒が怪しげな動きをした。

悠も凜々花も目を見開いている。

「熱いッ、熱すぎるッ」

充希はクリペニスをつかんで押さえた。内部から燃えるような熱さがあった。

先端が膨らみ破裂してしまうのではないかと思った。

そして、膣口に蜜汁が垂れるよりも勢いよく何かがクリペニスの中で息づいているのがわかった。

「充希、大丈夫？」

「お姉さま、ここをしごいて！」

「わかった」

充希が手を離すと、クリペニスを目にした悠たちが絶句した。

充希は自分のものを見ようとしたが、視界が霞んでよく見えなかった。

「あひぃ、熱い。熱いわぁ」

「充希ぃ！」

悠と凜々花が同時に名前を呼ぶと、クリペニスをつかんだ。

「熱い」

最初は二人ともその熱に驚いたようだが、すぐに二人で肉槍をしごきはじめた。

今まで片手だったのが、今は両手じゃないとつかめなかった。さらに肉竿にも異変が起きつつあった。

先端から何かを出したいのに、蓋をされてそれができないもどかしさがあった。それが二人の愛撫で少しずつ出口が開きそうな感覚があった。

「もっともっと強くしごいて！」

「これならどう？　悠先輩。その胸で挟んでください。私のだと……」

凜々花が珍しく謙虚になっている。

「わかった」

悠はDカップはある乳房でクリペニスを挟むと、先端をペロペロと舐めだした。

「先っぽのこの形って……」

凜々花が不安そうに言うが、悠が気にせずにその先端に舌を絡めて舐め上げてくる。

「お姉さま、そこ、そこをもっともっとぉぉ」

「こう？ この段差のところに舌を這わせたらどう？」

「段差……？」

充希は自分の股間を見下ろして驚いた。

いつの間にかクリペニスの先端が膨らんでいた。ぐわっと傘を開いたようになっている。資料室で見たバイブにそっくりの形になっていた。ますますペニスそっくりになっている。

凜々花も負けじと先端部を舐めだした。

「私も仲間に入れてくださいね」

凜々花は文句を言いつつも、熱心に舌をからめた。二人の舌は次第に熱くからみ合うようになっていた。

「だめぇ……二人が仲よくしたらダメェ」

充希は嫉妬から制止しようとした。

陰核の中になにか道のようなものができていくのがわかった。

「あ、あぁあ、なにか来るぅ！」

噴火するような予感が迫ってきた。

次第に肉胴が膨らみ、静脈が節くれだった。そして、先端部もさらに大きく傘を拡げたかと思うと、先端に穴が開いた。

その瞬間、透明なドロッとした粘液が一メートル近く噴き上がった。

ドクッ、ドクッ、ドクッ！

まるで銃の反動のように、肉棒が腹を叩きながら、激しく噴出した。飛び散った粘液は悠や凜々花の身体に着弾した。

「あぁ、あくぅ、イクッ!!　すごい！　あぁぁ、なにこれ!?」

またも透明の粘液が飛散した。充希は身体を痙攣させ、白目を剝いて絶叫した。

「なんか射精みたい。すごい」

凜々花が驚きの声をあげた。

3

「君は射精を知っているのかい？」

「逆に高等部なのに知らないんですか？」

凜々花は何事もないように言った。

素直に悠は頷いて、凜々花の肩をつかんだ。

「僕の妹はどうなっているんだ？」

「……わからないわ。でも……」

「でも？」

「鍵は充希が裏山で見たという祠のせいだと思います」

「私もいっしょに探したけど……」

「時間、手順……ルート。境界を超えるには、必要なことがあります。きっと詳しい人がいます」

そこまで凜々花が言ったところで、充希が目を覚ました。

股間には力強く屹立したままの肉棒があった。

それは今までのソーセージのようなフォルムとはまるで違っていた。まさに勃起したペニスのコピーと言っても過言でなかった。

「ひぃ、いやぁ！」

顔を背けたが、じんじんと予熱を宿した肉銃が存在感を主張していた。

「小さくしてぇ、いやぁいやぁ！」

「充希、しっかりして」

悠が充希を強く抱きしめる。

「どうして、どうしてなの？」

「わからない。途中から形が変化したのよ」

凜々花が首を左右に振りながら答えた。

「私の身体はいったいどうなっちゃうの？」

「解決策は必ずあるはずよ」

「どうするの？」

充希は凜々花に縋《すが》りついた。

目をそらさずに力強く答えてくれた。

「裏山の祠にお供え物をしてから、クリトリスが肥大化するようになったんでしょ?」

「……うん」

「でも、この学校は百年以上の歴史があっても、それが問題になったことはないの。つまり、戻す方法もあるのよ」

「誰が知っているの?」

「毒キノコ会の人が知っているはずよ。性に関しては、彼女たちが代々引き継いできているんだから」

凜々花が自信を持って断言してくれるから、充希は安心できた。だが、具体的な方法など何一つわかっていない状態だ。そのことは悠もわかっているようで、話題をそらしてきた。

「とりあえず、これを小さくしよう」

「お姉さま……どうやって?」

「射精というやつで、満足したら小さくなると思う」

そこで悠は凜々花を見た。

「ということなので、ここからは姉妹の問題だから、退席してもらえないかな」

「お断りしますわ。親友の一大事に指を咥えてるだけなんてことはできない」

凛々花は先輩の圧も何のそのだ。

自分の意志を突き通すと、充希を押し倒して肉棒の上に陰裂を押し当てた。

4

花びらの口が開きだす。

「くぅ、以前より亀頭が大きくなっているから」

顎を上に突き上げて、凛々花は亀頭を膣口に呑み込んでいった。小柄な身体の凛々花の秘穴に極太の剛直が入り込んでいく様子は、なんとも言えぬ卑猥さがあった。

ズブ、ズブブッ、ズブリッ！

掘削《くっさく》機が無理やり穴を拡げるような挿入だった。

浅い膣底に到達すると、さらに子宮がひしゃげるように押し込まれていく。

「くふぅ……全部入ったでしょ？」

「うん……」

「か、感想はそれだけ？」

「凛々花の中がとっても熱くて、あぁ、クリトリスが食べられちゃいそう」

凜々花は充希のモノを根元まで呑み込んだ状態で、ヒップをくねらせはじめた。肉竿が根元から八の字を描くように振り回された。そのたびに彼女の膣襞がイソギンチャクの触手がそよぐように、肉胴にまとわりつく。

「んあぁ！」

「これならどう？」

凜々花は充希の乳房を揉みながら、腰を上下に動かしだした。

「あひぃ！　お腹の中で充希のがからんでくるぅ」

亀頭の出っ張りが引き抜くときに、鍬《すき》で襞を掻き上げるように這いずる。

たまらず背筋を反らして、ヒップに痙攣を走らせた。

「あくぅ、抉られるぅ」

「あぁ、私も凜々花の中で引っ張られてるぅ！」

充希も手を伸ばして、凜々花の乳房を揉み返した。

下乳房を支えるようにつかんで、腰をグイッと跳ねさせると、凜々花の慎ましい乳房がプルプルと揺れる。

見とれていると、下腹部に圧がかかった。

凜々花が体重をかけてきたのだ。

グチュグチュと湿った音を響かせながら、巨根が膣口を擦り上げて潜り込んでいく。今度は反動をつけて、充希がやり返した。

凜々花の身体が浮かび上がり、血管が張った肉胴が半ばまで見えた。大量の蜜汁が肉胴部分に絡みついて、幾筋も垂れていた。

挿入を繰り返すたびに、その垂れた蜜汁の流れが変わり、泡が目立つようになり、山百合《ゆり》のような匂いも強くなっていく。

「あぁぁあ、奥に、奥に、充希のが当たってる」

子宮をノックするたびに、身体を串刺しにされたような感覚に苛《さいな》まれているのか、凜々花の小さい身体が小刻みに震えた。

「くう、もう動けない」

凜々花がガクッと首を折って充希に倒れかかりそうになった。

しかし、それを背後から悠が受け止めた。

「やるなら、最後までちゃんとしないと、僕が引いた意味がなくなる」

「だって……気持ちよすぎて、力が入らないんだもん」

それは充希も同じで、互いに肩で息をしていた。

まるで身体の中の血液が鉛にかわったように重たい。それなのに、クリペニスだけが元気に蠢《うごめ》いている。

「はぁ、はぁあ、はぁ、はぁあぁ、はぁ」

二人の吐息が重なり合った。

「手伝ってあげるから、凜々花くん、僕に身体を預けるんだ」

「ええ？　どういうことですか？」

悠が凜々花の身体を起こすと、彼女の太腿の裏側に手を伸ばして両脚も引き寄せた。

「ひゃん」

柔軟性に富んだ凜々花が百八十度のM字開脚になった。

背筋を反るように抱《かか》え上げられ、膣内の角度が変わり、肉胴への刺激も微妙に変化して、新しい快楽が広がってくる。

しかも、悠が凜々花を強制的に上下させはじめるので、すぐさま凜々花と充希の裸体に小波のような痙攣が駆け抜ける。それさえも結合部への刺激を高めるものに変わり、快感が身体中に伝播する。

今にもオーガズムに達してしまいそうだ。

「あぁ、おかしくなっちゃう！」

異常なほど感度が高まっている充希は、髪を掻きむしった。

身体の中で新しい快楽が渦を巻きはじめた。それまでの絶頂は子宮で感じていたのが、さっきの絶頂を境にして、肉棒が支配権を主張しているようだった。

「あひぃ、充希のが奥でさっきより動いてる！」

「凜々花のも、よ」

確かに牝壺が淫猥に収縮していて、クリペニスを奥へ奥へと引きずり込もうとしていた。

「あ、あひぃ、あくぅ。イッちゃいそう」

「わ、私もイクぅ！」

もう動けないと思った充希だったが、尻が自然と浮き沈みを再開した。

亀頭の先端が子宮口を五センチ近く突き上げるたびに、痺れるような快感が脊椎を落雷のように駆け抜けていく。

「腰が止まらない……もう、あぁ、あもう、イッちゃう」

「悠先輩、もっともっと激しくもっと動かして」

幼児の排尿スタイルのように抱きかかえられた凜々花は遠慮なくイッた。それに悠も律儀に付き合っていく。それでもまだ刺激が足りないように、凜々花はヒップを八の字にグリグリと回した。

上下運動に加えて円運動の刺激も足され、二人は甘く広がった官能を無我夢中で貪った。

「あぁぁ、イクっ！　イクぅ！　ひぃ、イッちゃううううう」

「私もイクイク、イクッ！」

悠が二人の半狂乱の絶叫に合わせて、激しくバウンドさせた。

ドクッ、ドクッ、ドクッ！

さきほどと同じ射精が、尿道を焼くように吐き出された。

充希は意識を失いそうになりながら、快楽の波を受け止めていた。

充希はそのまま深い闇に落ちていった。

5

充希が意識を取り戻したとき、二人の声が聞こえてきた。

凛々花が先に目を覚ましていたようだ。

「僕の妹は天使のような顔じゃないか」

悠は相変わらず慈愛に満ちた声をしている。

「こんなに姉バカになるとは思いませんでした」

凜々花は呆れた声で言った。

「僕はそれでもかまわないけどね」

「姉バカに妹バカのお似合いの姉妹ですわ」

凜々花はさらに呆れたが、次の瞬間、真剣な声に変わった。

「うちのお姉さまのことでお話があります」

6

充希がダンス大会でおかしくなった理由が判明した。犯人はなんと星菜だった。

凜々花がピンクローターを毒キノコ会から買う際、マリア像の台座にある隠し小物入れを使ってやり取りしたという。そしてバイブをリクエストしたとき、陰からこっそり見張っていると、ひとりの少女が現れた。あとをつけると、その少女が接触したのが星菜だった。

星菜はいつまで隠し通せるつもりだったのだろうか。

「なぜ、このようなことを？」

凛々花が冷静な声で星菜に尋ねた。しかし、声のトーンからかなり怒っていることが窺《うかが》える。

部屋は暗く、ちょうど星菜だけにライトが当たっていた。そこは銀杏館の一室だった。以前は書斎として使われていた室内で、年代ものの机が置かれている。

椅子に後ろ手で縛られた星菜は、口に猿ぐつわを嵌められていた。肘掛けに膝裏を乗せているので、大股開きになっている。ただ、股間はスカートで隠されている。

「なにか言い分はありませんか？」

凛々花が鋭い声で詰問する。

「んんんん」

星菜がくぐもった声でなにかを言った。

「え？　なんですか？　よく聞こえませんね」

凛々花はわざと意地悪く言った。

「んんん！」

星菜は顔を左右に振った。充希や親友の悠にも見られてたまらないのだろう。

懸命に身体をよじっている。しかし、凛々花がジャンパースカートのボタンを外して、さらにブラウスまではだけさせた。

ブラジャーが丸見えになり、星菜は激しく抵抗した。

「お姉さま、ブラも外しましょうね」

そう言って無慈悲にもブラジャーを剝ぎ取った。

こぼれるように飛び出した乳房は照明のせいもあるのか、思いのほか白かった。

乳首が艶やかなピンク色でひときわ目を惹いた。

「……ねぇ、やりすぎだよ」

充希は凜々花の肩に手を触れた。だが、そっけなく払いのけられた。

「嫌がらせだけじゃなくて、媚薬入りのドリンクも飲ませたのよ？」

「……でも、なんでそんなことを……」

「あんな大舞台で充希を発情させて……」

凜々花は途中で言い淀んだ。

「あなたが恥を搔けば生徒会をやめると思ったのよ」

確かに以前の充希なら、そんな状況に耐えられなかっただろう。もしかしたら。学校にもいられなかったかもしれない。

だが、今は悠という頼れる人がいる。

充希は悠のほうを見た。悠はこくりと頷いた。

「私はそんなことでやめない……」

充希はきっぱり言った。

「星菜は考えが幼稚すぎるのよ」

凜々花は吐き捨てるように言って、星菜を睨みつけた。

「なんで、そんなに凜々花が怒るの？」

充希が質問すると、凜々花は星菜の乳首を強く捻った。

「んんひぃんぐ」

「星菜ったら……充希が生徒会をやめたら、私との関係も冷めると考えたんだよ……そんなことありえないのに」

聞いている充希のほうが耳が赤くなった。

「他に友だちがいないから、こういう極端な発想になるんだよ」

凜々花は冷徹に思ったことを口にする。

「それは違うと思う」

それまで黙っていた悠が口を挟んだ。

「可愛い妹を貶《おとし》めようとしたことは許せないけど、それでも彼女は僕の親友なんだ」

その言葉を聞いた凜々花は冷ややかな目で悠を見た。

一度、言葉を呑み込んだが、すぐに言葉を続けた。

「悠先輩もお気楽な性格ですね」

悠はそんな批判めいたことに微笑みで返した。

「そうなんだよ。僕は楽天主義者なんだ。親友というのは相手の悪いところも受け入れることだろ？　親友が失敗したからといって簡単に愛想を尽かすことはない。僕と星菜の友情も続くんだよ」

いつになく悠は真剣な顔で言った。

それが嘘ではないことは目が物語っていた。

悠は充希の手を握った。

「充希、そういうわけだから、星菜の過ちを許そうと思うんだけど、それでいいかな？」

「……わかりました。私はお姉さまを信用しているので、その考えを尊重します」

「ありがとう」

悠は星菜と凜々花に向き直った。

「でも、僕の可愛い妹を虐めた罰はちゃんと受けてもらわないとね」

悠は星菜に近づくと、星菜のスカートを捲り上げた。

「んんんん」

星菜が悲鳴をあげたが、悠はかまわずにパンティをハサミで切り裂いていく。陰裂が露《あらわ》になった。陽に当たっていないので、隠れた肌が白く、日焼けしている肌とのコントラストが強烈だった。陰毛は黒々と茂っていて、割れ目をすべて覆い隠していた。

そのとき、充希の陰核がピクリと反応してしまう。

「充希はどうなの？」

凜々花にいきなり訊かれて充希は戸惑った。

「わ、私は……謝ってくれさえすれば」

「甘い。甘すぎるよ」

凜々花はそう言って棚にあった薬瓶を手に取った。

「んん、ひんんん」

激しく反応したのは星菜だった。

「それはなんだい？」

悠が尋ねると、凜々花は薬瓶からクリームを指に塗り、星菜の陰裂に近づけた。

「お姉さまはわかるわよね？」

「んんん、んんんん」

明らかにそれがなんであるかわかっている反応だった。

しかし、凜々花はそれにかまわず怪しげなクリームを包皮を剝き上げた陰核と膣の入り口にもたっぷりと塗り込んでいった。

「これが媚薬だよ。充希も同じ成分のものを飲んだんだ」

「え⁉」

充希は驚きつつも、そのときの記憶がフラッシュバックしてクリペニスに異変が起きた。

たちまちパンティが窮屈になってくる。

媚薬を塗り込まれた星菜はすぐに反応しだした。

「んん、んんん、んんあ！」

身体が火照りはじめたのがわかった。

乳首は尖り、目が虚《うつ》ろになって、もどかしげに椅子の上で身悶えした。

何より激しい反応があったのは恥裂だった。

「すごいな……星菜がこんなに……」

夥《おびただ》しい量の蜜液を垂らし、椅子までびっしょりと濡らしている。

「どうかしら？」

凜々花は膝をついて星菜の太腿をさらに割り開くと、腫れぼったくなった陰裂に息を吹きかけた。

それだけで星菜は身をよじる。

同じ薬を飲んだことのある充希には、快感に抗《あらが》えないことが痛いほどわかった。

「んん、んぐうぐ！」

星菜は少しでも刺激を得ようと身体をひねるが、凜々花は大切な部分だけには決して触れなかった。

「んぐぅん！」

本当に凜々花はこの手のことになると焦らすのが上手い。

花唇が自然と口を開き、ヒクヒクと物欲しげに痙攣しだした。

「ここに入れてほしいの？」

凜々花が星菜の膣口にそっと指を這わせた。それだけで軽く絶頂に達したようで、星菜は身体を仰け反らせた。

だが、一度高まった劣情はさらなる快感に求めて、肉体を燃え上がらせているようだ。

「んん、んんん」

星菜は激しく頷いた。悠や充希などは眼中にないようだ。

「浅ましいわね」

凛々花の侮蔑《ぶべつ》的な言葉さえも、今の星菜にすれば刺激的な発火剤のようだ。

姉の様子に溜め息をつきながら、凛々花はカバンの中からおもむろにバイブを取り出した。

「あッ！」

充希は思わず反応してしまった。それは凛々花の処女を奪ったときに星菜が使ったものだったからだ。

凛々花は星菜の目の前にバイブをかざして見せた。

「これ覚えてますよね？」

「んんんん」

星菜は首を左右に振った。

「オモチャでロストバージンは嫌ですか？」

コクコクと激しく頭を上下に振っている。

「なんとかしてほしいんですよね？」

またしても星菜は頷いている。

「口でちゃんと答えてください」

凜々花は猿ぐつわを外した。相変わらず意地悪な性格をしている。

「あぁ、お願い……凜々花の指であそこを掻き回して！」

「あそこってどこですか？」

「お……おま……こ」

「え？　何ですか？　聞こえませんよ？」

星菜は美貌を紅色に染めて、大声で訴えた。

「オマ×コを指で掻き回して、お願い。凜々花、おかしくなっちゃう！」

7

星菜は苦悶の表情で全身から汗を噴き出している。

恥裂の花びらがぱっくりと開き、膣口が物欲しげにひくついているのが丸見えだった。

凜々花がバイブのスイッチを入れた。

絶妙な振動で陰核や大陰唇を軽く刺激していく。

「あぁあひぃ……もっと、もっと強く」

「お姉さま、これがなにかわかる？」

「バイブよ！　意地悪しないで早く、もっと強く……ああ」

「さっきはバイブは嫌だって言ってたのに卑しい人ですね」

凜々花はバイブを押しつけたり離したりして、星菜を焦らしつづけた。

「これって毒キノコ会のものでしょ？」

凜々花が星菜を追及すると、彼女は唇を嚙み締めた。

「……」

「黙っていたら、このままよ？」

凜々花がバイブを星菜の乳房の麓《ふもと》に押し当てた。

「くぅ、知らないわ」

「知らないわけないでしょ。星菜がこれを提供しているんじゃないの？」

凜々花の言葉に充希は内心驚いていた。

悠は驚いていないので、どうやら事情を知っていたようだ。

「お姉さまが毒キノコ会の人だとわかっても、それを否定したくていろいろ検証したのよ。悠先輩と私で学園のお金の流れを調べたし、元卒業生の親族に聞いて誰が得をするかを考えてみたけど、どう考えても星菜しかありえないのよ」

「……知らない。知らないわ」

「この学校って何度も廃校の危機があったみたいだけど、そのたびに多額の寄付が寄せられているわね。どうして？」

「だから、知らないって……」

星菜は顔をそらした。明らかに嘘をついていることを物語っている。

「知らないわけないでしょ。毒キノコ会でメリットがあるのは、理事長の家系である星菜じゃない」

「うぅ……誰も脅したことはないから」

星菜が渋々認めた。充希は話の展開が速くて何が何だかよくわからなかった。

とりあえず、毒キノコ会には星菜の家系が関わっていたということか。

「よくそんなことが言えるわね」

凛々花は星菜の膣口に媚薬をさらに塗布した。

「くひぃ」

「充希に媚薬成分を飲ませたじゃない」

星菜が目をそらしたままだ。凜々花が矢継ぎ早に訊ねた。

「どうして、そんなに充希を目の敵《かたき》にするのよ」

「……凜々花と悠を盗ったから。それに……」

「それに？」

「封印を解いたから……」

「なんの？　もしかして祠の？」

悠が食い気味に尋ねた。星菜がゆっくり頷いた。

続けざまに凜々花も星菜を問いただした。

「それなら、充希の身に何が起きているか知ってるってこと？」

星菜はまたも頷いた。

「呆れたわね」

大きくため息をついた凜々花が、充希のほうを振り返った。

脅迫とか媚薬のことを考えると恐ろしかったが、動機を聞けば星菜の気持ちもわかる気がした。そして、祠のことも知っていた。

「凜々花。毒キノコ会が大人のオモチャを提供するのは、それを使ったのを奉納して、封印を続けるためなんだ。それなのに、この子はそれを破って力を手に入れて……」

知っていたなら一言教えてほしかった。今までの記憶がフラッシュバックした。

充希は自分の本能に従うことにした。

8

「罰を与えましょう！」

それを聞いた凜々花が嬉しそうに手を叩いた。

「どんな罰？」

「私のこれで……お注射します」

充希はパンティ越しにクリペニスを擦ってみせた。

「本当にオチ×チン!?」

充希の秘密を知った星菜が悲鳴をあげた。

「封印を解いたらこうなりました」

「嘘でしょ？」

星菜は啞然とした顔をしている。

悠はそれにかまわず充希を背後から抱きしめると、半勃ちのクリペニスを優しくしごき出した。あっという間にムクムクと膨らんだ。

奇異なものを見る目でいた星菜だが、周りの反応を見て、何かを悟ったようだ。

「こんなの異常だわ」

さすがに悪意をぶつけられると充希にも怒りが湧いてくる。

「そんなことばかり言っていると、入れてあげませんからね」

充希は星菜に歩み寄って、星菜のクリトリスをさっと撫でた。

「あくぅんんんん」

「先輩どうしたんですか?」

充希も凜々花を真似て意地悪く言った。

「くぅ、わかってるくせにぃ……」

「これなら素直になれますか?」

充希はいきなり立ったクリペニスを星菜の割れ目に押し当てた。

裏筋が擦れるたびに、星菜の背中が反って乳房が揺れた。

「そ、そんなもので触れないで……くひぃ」

星菜の暴言に悠が割って入った。

「いくらなんでもひどいぞ。星菜にはもったいないくらいだ」

悠はうわ言のようにそうつぶやいて、自分のスカートを捲くり上げてパンティを脱いでいく。それを見た充希は、悠の秘部に向かって鎌首をもたげたクリペニスの亀頭部を押し当てた。

先端が蜜汁に濡れてヌルヌルしていた。

ゆっくりと挿入すると、膣道がクリペニスに合わせて拡げられていく。

「お姉さま、これでどうですか？」

「あぁあん、入ってきてる、入ってきてる」

挿入したとたん、一気に身体を火照らせ、息を荒くしていく。

身体をよじりながら悠が吠えた。

「あぁ、いい、奥に当たってる」

挿入されると悠がまたも女言葉になった。

膣奥にクリペニスの先端が何度も小突いたかと思うと、充希は腰を次第に激しく突き出していった。

「あぁ、あくぅ」

充希が腰を引くと、肉槍の表面が愛液でぬらぬらとイヤらしく光っている。

「ずるいわ。私も……」

凜々花がすばやく服を脱いで、机に手をついてお尻を差し出した。

呆然とした星菜が凜々花を見上げている。

「充希、早く！」

充希は悠のクリペニスを引き抜いて、そのまま凜々花の膣穴に押し込んだ。

「き、キツい！」

凜々花はすぐさま甲高い声で喘いだ。

「はうぅぅーんん。奥に……当たってる」

確かに充希にもぶつかっている感触があった。先端に子宮口のなんとも言えない弾力を感じる。

「あぁ、ん、奥にぃ」

「オマ×コが締めつけてくる」

凜々花が身体を仰け反らせて、声をあげた。

星菜も目の前の光景に当てられたのか、顔がのぼせているようだった。

「……凜々花」

「あぁ、あうぅ、うぁぁん。もっともっと突き上げて」

充希は凜々花の腰に両手をやって、味わうように肉槍を根元まで一気に埋《うず》めた。

「あ、あう」

「充希、私にも……」

悠が凜々花の隣に陣取った。いつの間にか悠も裸になっていた。

二人は身長差があるからお尻の高さが違っていた。

悠のほうは角度が高いぶん、子宮口が捻じ曲げられていく気がした。

「んなぁ……あくぅ」

悠の膣道は凜々花よりも熱く蕩けている。男根と遜色のない肉棒が、膣壺を抉り上げる。

膣襞が突っ込まれたクリペニスを奥からうねるように絞り上げてくる。

「くぅ、お姉さまぁぁ！」

「あぁ、イクッ！　イクっ！」

突然、悠の身体が痙攣したかと思うと、絶頂に達していった。

「……うちのお姉さまのここがトロトロよ」

凜々花が星菜の膣口を弄《いじ》り回し、膣口を指で拡げてみせた。

「くぅ……嫌よ」

「素直になれないなら、私は充希と遊ぶからね」

「あぁ、私としたらいいじゃない。やりなさいよ」

星菜が強気な口調で充希に言った。

「そんな頼み方はないと思います」

充希はきっぱりそう言って、凜々花の小さいヒップを鷲づかみにした。

「ま、待ちなさい。お願いだから……私にして」

「態度で示してください」

充希は自分でも驚くほど大胆に星菜の拘束を解いた。

痺れているのだろうが、星菜が腕を擦って、充希のクリペニスを股間に導いた。

「……うぅ、ごめんなさい。私にも入れてください」

充希は蜜汁で濡れたクリペニスをすっかり濡れそぼっている星菜の秘唇にあてがった。そして星菜の長い両脚を抱え上げ、覆いかぶさるようにして体重をかけていく。

肉槍が膣口を引き裂くように侵入していった。

「ンンッ！」

星菜が悩ましげに眉間に皺を寄せた。

「んんあああぁッ！」

処女膜を破った感覚とともに、星菜の悲鳴があがった。

ズブ、ズブッ、ズブブブッ！

奥に肉槍が潜り込んでいき、行き止まりに押し当たった。

星菜から痛みがなくなるまで、充希はじっとしていた。

「はぁはぁ……はぁ、はぁはぁ」

荒い息が次第におさまっていく。クリペニスは勃起したまま、ときおりひくひくと痙攣している。

充希も目を閉じて快楽に身を委ねようとした。すると、そのとき唇に何かが触れた。

驚いて目を開けると、目の前に星菜の顔があった。控えめなキスが熱を帯びてくる。舌が痺れるほどからめ合い、再び腰が動きだした。

「あ、あぁ、あくぅ！」

星菜の膣壁からは粘液が溢れ出て、クリペニス全体を包み込むように密着してくる。充希のストロークも長くなり、ピストン運動が激しくなる。

「あぁ、あひぃ、気持ちいい！」

星菜は今では明らかな嬌声をあげた。

「私……もうダメェ」

「くぅ、わ、私も……ダメになっちゃう。頭がおかしくなる」

充希はいっそう激しくピストン運動を繰り返した。

「あひぃ、イク、イクゥ――――」

星菜は身体をぴんと伸ばして絶頂に達した。

「私もイッちゃう」

充希の子宮が燃え上がり、キュッと収縮するような感覚のあと、夥《おびただ》しい蜜汁が肉棒の中心を駆け抜けた。

ドクドク、ドクン！

失禁したような射精がはじまった。

充希は最後の力を振り絞って腰を深く打ち込んだ。

「イクぅ！」

「あぁぁ、イクぅぅ!!　あぁ、お腹の中に熱いものが！」

二人の甲高い喘ぎ声が重なり合った。

9

夕方になってから、充希は悠と凜々花と裏山を登っていた。

お供えを用意して、教えられた道順に従って祠を目指した。

「どうして、凜々花くんも来るんだい？」

悠が微笑みながらも牽制《けんせい》している。

「大切な親友のことですから当然ですわ。それよりも、悠先輩こそ妹離れができていないんじゃないですか？」

凜々花もやり返す。

充希は二人の間で左右から腕を引っ張られる。

あのあと、星菜に教えてもらったルートに従って歩いていると、向こうで何か光るものが見えてきた。

「あれだな」

悠が突き進んでいく。

充希は以前見たのと異なる祠を見て驚いた。夢で見たものとそっくりだった。

祠の中央には怪しげな置物があった。二メートルはあろうかという男根を象《かたど》ったものだった。

これが封印が解けた結果だろう。以前の小さいキノコのような石コロとは比較ができないほどの大きさだった。

「ここにお供えをしたらいいの？」

凜々花が呆れたように尋ねた。

「違う。私のときはもっとみすぼらしくて小さかった」

悠と凜々花が顔を見合わせた。

「どういうこと⁉　封印って本当だったんだ」

祠は社《やしろ》のようになっている。しかし、これだけ大きければすぐに目立つはずだ。

「これを封印するためにクラリス女子学院を建てたそうよ」

凜々花が星菜から聞いたことを二人に語った。

明治初期。男根信仰でこの付近はひそかに有名だったらしい。男は絶倫になれるというが、女にしたらたまったものではない。

困った女性たちから相談を受けた星菜の先祖がこの付近の土地を買い上げ、クラリス女子学院を建てたのだった。その後、信仰は廃れたことはいうまでもない。

だが、定期的に封印を強化するために男性器を模した張形などを供えていたらしい。その役目が毒キノコ会の姉妹たちだったというのだ。

星菜はいずれは凜々花にも秘密を打ち明けるつもりだったことを伝えた。

「……でも、力を戻してきているんだと思う」

凜々花の結論に悠が頷いた。

「うちのひいおばあさまも山には穢らわしいものがあるから、入るなって言ってたけど、これだったのか」

充希の股間がまたも疼いてきた。

「あ、あぁ、大きくなる」

充希は二人の手を離して股間を押さえた。明らかにいつもより巨大化していた。たちまちスカートにテントを張った。

「充希ッ！」

異変に気づいた悠が、お供え用のクッキーをつかむとそれを男根像に投げつけた。最初と同じキノコ型のクッキーだ。

「私の妹に変なことをするな！」

充希はいつの間にか意識を失っていた。

エピローグ

充希を襲った奇妙な体験は、それ以来ぱたりとおさまった。

「充希、帰ったよ」

冬休みが終わり、凜々花が戻ってきた。

その姿を見て充希は口をあんぐりとさせた。

「り、り、り、凜々花！」

「『り』がずいぶんと多いけど、これいいでしょ？　似合う？」

凜々花が髪を掻き上げた。ふわふわと綿菓子のようだった髪が少年のように短くなっていた。

ただ、それでも似合っている。恐ろしいほど似合っていた。

充希は慌てて頷《うなず》いた。

「反応が可愛いね」

凜々花が充希に抱きついてくる。

「ちょ、ちょっと凜々花！」

「やっぱり女の子がいいわ。ほら、触って」

スカートの下に充希の手を導いた。

パンティ越しにムクムクと膨らみだすものがあった。

あの日以来、充希のクリトリスは正常に戻ったが、代わりに凜々花に異変があった。充希と同じことが起きたのだ。

だが、凜々花はそれを楽しんでいるようだ。すぐさまパンティを脱いで、これみよがしに見せつけてきた。

小柄でパイパン性器の凜々花の股間に似つかわしくないほど巨大な怒張が聳《そび》え立っていた。

充希よりサイズも長さも上回っている。もちろん、亀頭らしきものもしっかりとある。

「……許嫁《いいなずけ》のところは大丈夫だったの？」

「最高だったよ」

「違う。バレなかったの？」

「許嫁のクソ野郎に見せつけてやったわ」

凜々花は思い出したように笑った。

「あいつのものが私のより小さいことがショックだったのか、婚約破棄を申し出てくれたの。私もようやく自由の身になれたわ」

婚約を解消されて喜ぶ親友にどういう言葉をかけていいかわからない。

「なんて言っていいのか……」

「こう言えばいいのよ」

充希の耳元で凜々花が囁《ささや》いた。

「私を彼女にしてくださいってね」

「えええええ」

「なんで悲鳴なの？　嫌なの？　これが欲しくないの？」

凜々花はクリペニスを振ってみせた。

充希はごくりを唾を飲み込んだ。凜々花の怒張をしゃぶりたくなってきたのだ。

充希はクリペニスにハマり、フェラチオにハマっていた。冬休みの間に凜々花が不在で欲求不満だったのだ。

恥も外聞もなく、いきなりむしゃぶりついた。

「ちゅぷ、ちゅぽん」

「いいわ。充希はこれの急所もよく知っているのね」

「ちゅぷん……だって、自分にもあったからね」

充希は肉茎をしごき上げながら、先端を舌でチロチロと舐め回した。

「ああ──ん、もういっそう充希の中に入れたいわ」

「それはダメぇ」

「どうして？」

「お姉さまと約束しているもの」

そう言った瞬間、部屋の扉が叩かれた。

凜々花が嫌そうな顔をした。

「噂をすれば影って本当なのね」

凜々花がパンティを履き直したのを確認し、充希はドアを開けた。

すると、いきなり抱きしめられた。悠だった。

「凜々花が戻ったと聞いたから駆けつけたんだ」

悠の後ろには星菜もいた。

「凜々花、充希じゃなくて、相手は私だろ？」

「もうお姉さままで……」

部屋に姉たちが雪崩《なだれ》込んでくる。瞬く間に高校生組が服を脱いだ。

星菜は相変わらず日焼けの痕と色白の肌のコントラストが淫靡だった。

均整のとれた身体の悠の股間には親指大の突起があった。それを見て凜々花が笑った。

「相変わらず慎ましいですね」

「大きさがすべてじゃない！」

「でも、それだと充希を女にできませんよね」

「クッ！」

悠が顔を歪ませた。

充希は悠の股間に顔を近づけると、小さい膨らみにキスをした。

凜々花が屹立するようになったように、悠も陰核が肥大化するようになった。だが、二人のサイズは雲泥《うんでい》の差だった。

悠のは皮被りの小学生くらいの大きさしかない。

しかし、それでも充希には愛しかった。

恭《うやうや》しくキスをする。

とたんに、ウインナーのような陰核がピクンと震えた。

「あぁ、あうう」

悠が甘美の喘ぎ声をあげた。身体をプルプルと震わせて、蜜汁を溢れ出させた。

口に突起を咥え込み舌で転がすと、ますます激しく反応する。

「い、いきなり……こんなにぃ……」

「はぁ、はぁ、はぁ、お姉さまのオチ×チン、可愛くて食べちゃいたい」

充希は舌先でチロチロと舐めた。

「本当に可愛らしいサイズですね」

凛々花がやってきて勝ち誇ったように言って、見せつけるように己《おのれ》の肉槍を充希の前に突き出した。

充希がフェラチオをしようと顔を近づけると、星菜に横取りされた。

「君は本当に油断も隙もない。おとなしそうな顔をしているくせに、私の親友も妹もものにするなんてズルすぎる」

星菜は嫉妬丸出しだが、それも充希には可愛らしく思えた。

自分のあれで突かれてさんざん泣いた姿をまざまざと思い出すからだ。そんなことを考えているのがバレたのか、星菜が睨んできた。

「なんだ、その余裕たっぷりの顔は」

「星菜先輩も祠《ほこら》に行ってみてはどうですか？」

「わ、私は……」

星菜が言い淀むと、悠が両手でつかんだ。

「行こう！」

「え？」

「お百度参りだ」

悠が何をお願いするかは誰の目にも明らかだった。陰核をもっと肥大化させたいのだろう。

「そんなの待っていられないから、充希を私の彼女にしてもいいですかね？」

凛々花がやれやれといった感じで言った。

「ダメダメダメ。絶対に僕が充希の最初になるんだから」

悠は必死で主張する。

「でも、私の最初の人は充希だったし、その逆もしかりなのが自然なのでは？」

悠が情けない顔で助けを求めてきた。

充希は思わず笑ってしまった。

「みんなの最初をもらったので、今度は私がみんなのを欲しいです」

「そんなこと言ったらダメだ」

悠が充希を抱きしめてきた。

「充希は私のよ」

凜々花も負けじと抱きついてきて、それに星菜も続いた。

「これから毒キノコ会は、生徒会がこうやって管理するよ」

悠が断言した。

「はい。お姉さま」

充希はこの学園生活がいつまでも続くことを願った。

あれが肥大化した異様な日々が少し懐かしかった。

名門乙女学園《めいもんおとめがくえん》 秘蜜の百合ハーレム《ひみつのゆりはーれむ》

二〇二三年 一月 十日 初版発行

著者◉高畑こより【たかはた・こより】

発行◉マドンナ社
発売◉二見書房
東京都千代田区神田三崎町二-一八-一一
電話 〇三-三五一五-二三一一（代表）
郵便振替 〇〇一七〇-四-二六三九

印刷◉株式会社堀内印刷所 製本◉株式会社村上製本所 落丁・乱丁本はお取替えいたします。定価は、カバーに表示してあります。

ISBN978-4-576-22183-0 ◉Printed in Japan ◉©K. Takahata 2022